Anaïs Nin wurde 1903 in Neuilly bei Paris als Tochter des spanischen Musikers und Komponisten Joaquin Nin geboren. Später verließ der von ihr abgöttisch verehrte Vater die Familie, was sie nie ganz verwunden hat. Als Dreizehnjährige kam sie in die USA. Schon damals begann sie ein Tagebuch zu schreiben. Mit fünfzehn Jahren verließ sie die Schule und versuchte sich als Autodidakt in Bibliotheken weiterzubilden. In den zwanziger Jahren heiratete sie Hugh Guiler und ließ sich in Louveciennes bei Paris nieder. Seit 1931 war Anaïs Nin mit Henry Miller befreundet. Beide haben sich künstlerisch stark beeinflußt. Ihr ist es auch gelungen, einen Verleger für Millers »Wendekreis des Krebses« zu finden.
In ihrem Heim in Greenwich Village verkehrten viele Künstler, u. a. Dali, Max Ernst, Yves Tanguy, Tennessee Williams, William Saroyan und Miller. 1932 erschien »D. H. Lawrence – An Unprofessional Study«, ihre erste größere Arbeit als Schriftstellerin. Im Frühjahr 1966 wurden die ersten Proben aus ihren Tagebüchern veröffentlicht, die aber schon lange vorher als die bedeutsamste Confessio des Jahrhunderts galten. Inzwischen sind ihre Tagebücher auch in deutscher Sprache erschienen. Anaïs Nin ist 1976 in Kalifornien gestorben.

Von Anaïs Nin sind außerdem
als Knaur-Taschenbücher erschienen:

»Die verborgenen Früchte« (Band 806)
»Das Delta der Venus« (Band 742)

Vollständige Taschenbuchausgabe
Droemersche Verlagsanstalt Th. Knaur Nachf., München
Lizenzausgabe mit freundlicher Genehmigung der
Nymphenburger Verlagshandlung, München

Titel der Originalausgabe »The Four-Chambered Heart«

Aus dem Amerikanischen von Manfred Ohl und Hans Sartorius
Umschlaggestaltung Adolf Bachmann, Reischach
Umschlagillustration Herbert Joos
Druck und Bindung Elsnerdruck, Berlin
Printed in Germany 5 4 3 2 1
ISBN 3-426-01270-7

Anaïs Nin:
Djuna
oder
Das Herz mit
den vier Kammern

Roman

Knaur®

ISBN 3-426-01270-7 780

Aus der Gitarre floß die Musik
wie Tropfen.

Rango spielte sie, Rango mit dem warmen Kupferton seiner Haut, mit den kohlschwarzen Pupillen seiner Augen und mit seinen buschigen Augenbrauen. Er füllte das honigfarbene Instrument mit den Düften der Landstraße, auf der er sein Zigeunerleben lebte – den Düften von Thymian, Rosmarin, Oregano, Majoran und Salbei. Er füllte das klingende Instrument mit dem sinnlichen Schaukeln seiner Hängematte im Zigeunerwagen und mit den Träumen, die auf seiner schwarzen Roßhaarmatratze geboren wurden.

Er war das Idol der Nightclubs, wo Männer und Frauen die Türen verriegelten und die Fenster verschlossen. Sie entzündeten Kerzen, tranken Alkohol und den Klang seiner Stimme; sie berauschten sich am Duft und Geschmack der Landstraße, den Serenaden der Freiheit und an den Schwaden von Müßiggang und Trägheit, die seiner Gitarre entströmten.

Im Morgengrauen wollten die Frauen sich nicht mehr mit dem in Klänge verwandelten Leben zufriedengeben. Sie wollten Hand an

Rangos Körper legen, da seine Stimme schon wie Blut in ihren Adern pulsierte. Aber Rango hängte sich die Gitarre über die Schulter und ging davon.

Kommst du morgen wieder, Rango?

Morgen spielte und sang er vielleicht auf der Straße, die in den Süden Frankreichs führte, während der Schweif seines schwarzen Pferdes gelassen hin und her schwang.

Djuna strebte zu diesem umherziehenden Rango hin.

Sie wollte alles in sich aufnehmen, was in seiner Musik steckte. Und ihr Ohr entdeckte die noch unerreichbare Insel der Freude, nach der sie suchte. Einmal schon hatte Djuna sie von weitem gesehen – auf der Party, an der sie zwar nicht selbst teilnahm, die sie aber als Mädchen von ihrem Fenster aus beobachtete. Und wie ein verirrter Wanderer in der Wüste drängte es sie immer stärker zu dieser musikalischen Fata Morgana eines Genusses, den sie noch nie erfahren hatte – dem Genuß der Freiheit.

»Rango, würdest du einmal für mich spielen, wenn ich tanze?« fragte sie sanft und eindringlich. Rango blieb auf seinem Weg nach draußen stehen und verbeugte sich vor ihr. Nur Jahrhunderte von Kultur und Adel konnten eine solche Geste der Zustimmung hervorbringen, aus der die Großzügigkeit eines Mannes

sprach, der nie seiner Freiheit beraubt war.
»Wann immer du willst.«
Während sie Tag und Stunde bestimmten und sie ihm ihre Adresse gab, schlugen sie instinktiv den Weg zum Fluß ein.
Ihre Schatten gingen voraus und enthüllten den Gegensatz zwischen ihnen. Seine Gestalt nahm zweimal soviel Raum ein wie ihre. Sie ging unbeirrbar geradeaus und schnell wie ein Pfeil, während er gemächlich neben ihr herschlenderte. Als er ihre Zigarette anzündete, zitterten seine Hände, ihre blieben ruhig.
»Ich bin nicht betrunken«, sagte er lachend, »aber ich war so oft betrunken, daß meine Hände vermutlich für den Rest meines Lebens zittern werden.«
»Wo sind dein Wagen und dein Pferd, Rango?«
»Ich habe weder Wagen noch Pferd. Schon lange nicht mehr ... seit Zora vor Jahren krank wurde nicht mehr.«
»Zora?«
»Meine Frau.«
»Ist deine Frau auch eine Zigeunerin?«
»Wir sind beide keine Zigeuner. Ich wurde in Guatemala geboren ... auf dem Gipfel des höchsten Berges. Bist du enttäuscht? Zum Geldverdienen im Nightclub war es notwendig, dieses Märchen zu verbreiten. Außerdem schützt es mich. Ich habe eine Familie in Gua-

temala, und mein gegenwärtiges Leben wäre eine Schande für sie. Ich bin mit siebzehn von zu Hause weggelaufen. Ich wuchs auf einer Hazienda auf. Selbst heute fragen meine Freunde noch: ›Rango, wo ist dein Pferd? Du siehst immer so aus, als hättest du dein Pferd draußen vor der Tür angebunden.‹ – Ich habe bei den Zigeunern in Südfrankreich gelebt. Sie brachten mir das Gitarrespielen bei. Von ihnen lernte ich, wie sie zu leben. Die Männer arbeiten nicht. Sie spielen Gitarre und singen. Die Frauen sorgen für sie. Sie stehlen Essen und verstecken es unter ihren weiten Röcken. Zora hat das nie gelernt! Sie wurde sehr krank. Ich mußte das Umherziehen aufgeben. Hier bin ich zu Hause. Möchtest du hereinkommen?«

Djuna betrachtete das graue Steinhaus.

Vor ihren Augen war das Bild von Rango auf der Landstraße noch nicht ganz ausgelöscht. Der Gegensatz war schmerzlich, und sie machte einen Schritt rückwärts. Ein Rango ohne Pferd, ohne Freiheit ängstigte sie plötzlich.

Das Haus hatte hohe, schmale Fenster. Sie wirkten vergittert. Sie konnte es noch nicht ertragen zu sehen, daß er gefangen, gezähmt und eingesperrt worden war – durch welche Umstände , von wem?

Sie ergriff seine große Hand, die große warme Hand eines Gefangenen, schüttelte sie und ver-

ließ ihn, während er wie betäubt zurückblieb. Verwirrt und leicht schwankend stand er da, zündete ungeschickt eine Zigarette an und fragte sich, warum sie geflohen war.
Er wußte nicht, daß vor ihren Augen gerade eine Insel der Freude versunken war. Das Bild einer Insel der Freude, beschworen von seiner Gitarre, war verschwunden. Dadurch, daß sie auf eine Fata Morgana der Freiheit zugelaufen war, geriet sie in einen schwarzen Wald, den schwarzen Wald seiner Augen, die sich verdunkelten, als er sagte: »Zora ist sehr krank.« – In den schwarzen Wald seiner wilden Haare, als er reumütig den Kopf senkte und sagte: »Meine Familie würde sich wegen des Lebens schämen, das ich heute führe«; – in den schwarzen Wald seiner Verwirrung, als er dabei war, ein Haus zu betreten, das zu grau, zu schäbig, zu eng für seinen großen, mächtigen Körper war.

Zeuge ihres ersten Kusses war die Seine, in deren glitzernden Falten die Gondeln der Lichtspiegelungen von Straßenlaternen tanzten. Der Fluß trug die Aureolen von Straßenlaternen, die in den Büschen schwarzglänzender Pflastersteine erblühten, trug das Silberfiligran der Bäume, die sich wie Fächer öffneten, über deren Rand die Augen des Flusses blickten und sie zu heimlicher Koketterie verführten. Die Seine hüllte sich in feuchte Nebelschleier und in den beißenden Weihrauch gerösteter Kastanien.

Alles war in den Fluß gefallen und wurde davongetragen, mit Ausnahme des Balkons, auf dem sie standen.

Die Drehorgel begleitete ihren Kuß, und er dauerte so lange wie das Lied der Carmen; als der Kuß endete, war es zu spät. Sie hatten den Zaubertrank bis zum letzten Tropfen geleert.

Es sind die Liebenden selbst – und sonst niemand –, die den Zaubertrank mischen, den sie trinken.

Der Zaubertrank ist die Summe des Daseins eines Menschen.

Jedes Wort, das in der Vergangenheit gesprochen worden ist, hinterläßt in ihm Formen und Farben. Außer Blut fließt durch die Adern die Essenz jeder begangenen Tat, das Sediment aller Visionen, Wünsche, Träume und Erfahrungen. Alle Gefühle der Vergangenheit vereinen sich, um die Haut zu tönen, den Lippen Geschmack zu verleihen, den Pulsschlag zu bestimmen und in den Augen Kristalle zu bilden.

Die Faszination eines Menschen auf einen anderen entsteht nicht durch die oberflächliche Ausstrahlung seiner Persönlichkeit im Augenblick der Begegnung; es ist die Summe seines ganzen Wesens, die diese starke Droge verströmt, die Zuneigung und Anziehung auslöst. Kein Moment der Verzauberung ohne lange Wurzeln, die in die Vergangenheit reichen; ein Moment der Verzauberung wächst nicht auf unfruchtbarem Boden; er ist kein Zufallsprodukt von Schönheit, sondern die Summe von großem Leid, von Wachstum und Mühe.

Aber Liebe, die starke Droge, war für sie das Gewächshaus, in dem alle Ichs voll erblühten ...

Die starke Droge Liebe war das Mittel in der Glasflasche des Alchemisten, das die verborgensten Substanzen sichtbar machte.

Die starke Droge Liebe war der *Agent Provocateur*, der alle geheimen Ichs ans Tageslicht brachte.

Die starke Droge Liebe verlieh den Fingerspitzen Hellsichtigkeit,

pumpte irisierendes Licht in die Lungen, um sie für transzendente Röntgenstrahlen sichtbar zu machen,

druckte neue Landschaften auf die Netzhaut der Augen,

schmückte Worte mit Segeln, Ohren mit samtenem Schweigen,

und bald tauchte der Balkon auch ihre Schatten in den Fluß, damit der Kuß in den heiligen Wassern der Ewigkeit getauft werden konnte.

Am nächsten Morgen ging Djuna an der Seine entlang und fragte die Angler und Matrosen der Flußkähne nach einem Boot, das sie mieten konnte, um mit Rango darauf zu leben.
Während sie am Brückengeländer stand und sich vorbeugte, um den Schiffen zuzusehen, beobachtete sie ein Polizist.
(Glaubt er, ich will mich hinunterstürzen? Sehe ich aus wie jemand, der Selbstmord begehen will? Wie blind er doch ist! Ich wollte niemals weniger sterben als an dem Tag, an dem ich zu leben beginne!)
Er sah ihr nach, als sie die Treppenstufen zum Fluß hinuntereilte, um mit dem Besitzer von Nanette, einem leuchtend roten Kahn zu sprechen. Nanette hatte kleine Fenster mit Perlenvorhängen, wie sie an den Fenstern der Conciergen in Mietshäusern hingen.
(Warum sollte man auf einem Flußkahn die gleichen Dinge haben wollen wie in einem Haus? Die Leute sind nicht für den Fluß, nicht für das Reisen geschaffen. Sie schätzen Vertrautheit; sie wollen ihr Leben an Land fortsetzen. Aber Rango und ich, wir möchten den Häusern, Cafés, Straßen und Menschen entfliehen. Wir wollen eine Insel finden, eine einsame Zelle, in der wir ungestört zusammen träumen können. Wie kann der Polizist glau-

ben, ich könnte in den Fluß springen, in einem Moment, in dem mir überhaupt nicht nach Sterben zumute ist? Oder steht er dort, um mich zu tadeln, weil ich mich gestern abend nach zehn aus dem Haus meines Vaters geschlichen habe? Ich traf alle erdenklichen Vorsichtsmaßregeln, ließ die Haustür angelehnt, damit der Vater mich nicht gehen hörte, und schlich mich mit klopfendem Herzen aus dem Haus, denn sein Haar ist inzwischen weiß, und er versteht nicht mehr, daß jemand lieben muß. Er hat alles verloren, nicht an die Liebe, sondern an seine Spiele mit der Liebe, und wenn man mit der Liebe spielt, verliert man alles. So hat er auch sein Heim und seine Frau verloren. Jetzt klammert er sich an mich, aus Furcht vor dem Verlust, aus Furcht vor der Einsamkeit.)

An diesem Morgen war sie um halb sechs aufgewacht und hatte sich sanft aus Rangos Armen gelöst. Um sechs kam sie in ihr Zimmer zurück, und um halb sieben klopfte ihr Vater an die Tür, denn er war krank und brauchte Pflege.

(Ali Baba schützt die Liebenden! Er schenkt ihnen das Glück der Räuber und befreit sie von Schuldgefühlen. Es gibt eine besondere Art von Menschen. Von ihnen ergreift die Liebe Besitz und erhebt sie über alle Gesetze; es bleibt keine Zeit und kein Raum für Bedauern,

Feigheit und Zögern. Die Liebe ist frei und unbekümmert, und viele kleine Listen werden angewandt, um andere vor ihren Flammen zu schützen – andere, die selbst nicht Liebende sind, sondern die Opfer dieser Liebe werden könnten – sanft und fröhlich sollten diese Listen angewandt werden, sanft und fröhlich wie bei »Räuber und Gendarm« oder anderen Kinderspielen. Denn dann, Herr Polizist, wird Anahita, die Mondgöttin, das Urteil sprechen und die Strafe bemessen. Also warten Sie auf ihre Befehle, denn ich bin sicher, Sie würden nicht verstehen, wenn ich Ihnen erzähle, daß mein Vater herrlich klar bei Verstand und selbstsüchtig, zärtlich und verlogen, förmlich und unverbesserlich ist. Er verbraucht jede Liebe, die man ihm schenkt. Wenn ich nachts nicht das Haus verlassen würde, um mich in Rangos glühenden Händen zu wärmen, müßte ich vertrocknet, unfruchtbar und kraftlos an meiner Aufgabe dahinwelken, während mein Vater Monologe über seine Vergangenheit hält und ich gähne und gähne und ... es ist genauso wie wenn man Familienalben oder Briefmarkensammlungen betrachtet! Verstehen Sie, Herr Wachtmeister: Wenn das wirklich alles wäre, was ich habe, wäre ich tatsächlich in Gefahr, in die Seine zu springen, und Sie würden sich beim Versuch, mich zu retten, erkälten.

Sehen Sie, ich habe Geld für ein Taxi. Ich singe ein Loblied auf das Taxi, das den Traum nährt; denn es bringt den zerbrechlichen Traum unzerbrochen überall hin. Das Taxi kommt den Siebenmeilenstiefeln am nächsten. Es verewigt meinen Traum, mein Laster, meinen Luxus. Oh, wenn Sie wollen, können Sie mich wegen Tagträumerei, wegen zügellosen Vagabundierens verhaften. Denn mein Traum ist die Zelle, die geheimnisvolle, weiche, fruchtbare Zelle, in der alles geboren wird. Alles, was die Menschheit je erreicht hat, wurde in dieser kleinen Zelle geboren ...)
Der Polizist ging weiter, ohne sie festzunehmen. Deshalb zog sie ihn ins Vertrauen. Er wußte sehr gut Bescheid. Er kannte viele Kähne, die hier oder dort lagen. Er kannte ein Boot, auf dem Anglern Bratkartoffeln und Rotwein serviert wurden, ein anderes, auf dem die Clochards für ein paar Sous übernachten konnten. Auf einem anderen arbeitete eine Frau in Hosen. Sie meißelte große Statuen aus Stein. Ein anderes hatte man zu einem Schwimmbad für Jungen umgebaut, wieder ein anderes nannte man »das Boot zur roten Laterne«, und dorthin gingen die Männer. Dahinter lag ein Boot, mit dem eine Schauspielertruppe durch Frankreich gezogen war. Und dort konnte sie nachfragen, denn es stand leer. Für

große Fahrten ließ es sich nicht mehr verwenden …

Das Boot ankerte nahe der Brücke. Es war lang und breit mit einem mächtigen Bug, von dem die schwere Ankerkette ins Wasser hing. Zum Ufer hin hatte es keine Fenster, aber an Deck eine Falltür aus Glas. Ein alter Wächter öffnete ihr. Sie stieg eine schmale, steile Treppe nach unten und befand sich in einem großen Raum, der von Oberlichtern erhellt wurde. Dahinter gab es einen kleineren Raum, einen Gang und rechts und links kleine Kabinen.

Der große Hauptraum hatte als Bühne gedient. Dort lagen immer noch alte Kulissen, Vorhänge und Kostüme. Die kleinen Kabinen auf beiden Seiten hatten die Schauspieler der Wandertruppe als Garderoben benutzt. Jetzt türmten sich darin Farbtöpfe, Brennholz, Werkzeuge, alte Säcke und Zeitungen. Am Bug gab es einen riesigen Raum, der mit glänzender Dachpappe ausgekleidet war. Durch die Oberlichter sah man nur den Himmel. Aber im Rumpf befanden sich zwei Klappen, die sich wie Zugbrükken mit einer Kette öffnen ließen. Sie endeten wenige Zentimeter über dem Wasser und wiesen zum Ufer.

Der Wächter wohnte in einer der kleinen Kabinen. Er trug eine Baskenmütze und eine

dunkelblaue Jacke, wie ein französischer Bauer.
Er erklärte: »Früher war ich Kapitän auf einem Ausflugsdampfer. Das Schiff explodierte, und ich verlor ein Bein. Aber ich kann Wasser, Kohle und Holz für Sie holen. Ich kann jeden Tag das Wasser auspumpen. Man muß das Boot ständig auf Lecks untersuchen. Es ist ziemlich alt, aber das Holz ist noch sehr stark.«
Die Wände der Barke wölbten sich wie die Innenseite eines Walbauchs. Die alten Balken trugen Male früherer Lasten: Holz, Sand, Stein und Kohle.
Als Djuna ging, hob der alte Wachmann eine Stange auf, an deren Enden zwei Eimer an Seilen hingen. Er legte sich die Stange über die Schulter wie ein japanischer Wasserträger und hüpfte auf seinem einen Bein hinter ihr her: dabei gelang es ihm erstaunlich gut, auf den großen Pflastersteinen das Gleichgewicht zu halten.

Die Winternacht kam und breitete sich über die Stadt. Sie bestäubte die Straßenlaternen mit Nebel und Rauch, so daß ihr Licht sich in einen Heiligenschein verwandelte.
Als Djuna und Rango sich trafen, war er traurig, denn er hatte keine Unterkunft für sie gefunden. Djuna sagte: »Ich möchte dir etwas

zeigen. Wenn es dir gefällt, wäre das etwas für uns.«

Sie gingen am Ufer entlang. Als sie am Bahnhof durch eine Straße kamen, an der gerade gearbeitet wurde, nahm Djuna eine der roten Laternen mit, die die Bauarbeiter aufgestellt hatten, und trug sie über die Brücke. Auf halbem Weg begegneten sie dem Polizisten, der ihr geholfen hatte, das Boot zu finden. Djuna dachte: Er wird mich verhaften, weil ich eine Laterne gestohlen habe. Aber der Polizist hielt sie nicht an. Er lächelte, denn er wußte, wohin sie ging. Er betrachtete im Vorübergehen lediglich Rangos Gestalt mit einem abschätzenden Blick.

Unvermittelt erschien der alte Wächter in der Falltür und rief: »Wer ist da! Wer kommt? Oh, Sie sind es, *petite Madame*. Warten Sie. Ich öffne Ihnen.« Und er öffnete die Falltür vollends.

Sie stiegen die gewundene Treppe nach unten, und Rango roch mit Genuß den Teer. Als er das Zimmer sah, die Schatten und die Balken, rief er begeistert aus: »Es ist wie *Hoffmanns Erzählungen*. Es ist ein Traum! Es ist ein Märchen!«

Der Alte vom Fluß, der Exkapitän eines Ausflugsdampfers, schnaubte verächtlich und ging in seine Kabine zurück.

»Genau das habe ich mir gewünscht«, sagte Rango.

Er bückte sich, um in den sehr kleinen Raum ganz vorne am Bug des Bootes zu kommen. Dieser wirkte wie eine kleine dreieckige Gefängniszelle mit vergitterten Fenstern. Vor dem Gitter hing die gewaltige Ankerkette. Der Fußboden war verrottet, morsch von der Feuchtigkeit, und durch die Löcher sahen sie die Wasserlachen, die im Kiel aller Schiffe stehen. Sie sind wie die besitzergreifenden Finger von Meer oder Fluß, die ihr Eigentumsrecht geltend machen.

Rango sagte: »Wenn du mir untreu bist, werde ich dich hier einschließen.«

Hohe Schatten umgaben sie; die uralten Balken über ihren Köpfen knarrten; das Wasser klatschte zu ihren Füßen, Moder bedeckte den Boden, die rostige Ankerkette stöhnte wehmütig, und Djuna glaubte seinen Worten.

»Djuna, du bringst mich wie eine Seejungfrau auf den Grund des Meeres, damit ich dort lebe.«

»Ich bin wohl eine Seejungfrau, Rango, denn ich fürchte mich nicht vor den Tiefen, fürchte mich aber sehr vor einem seichten Leben. Aber du, armer Rango, du kommst aus den Bergen. Das Wasser ist nicht dein Element. Du wirst nicht glücklich sein.«

»Die Männer aus den Bergen träumen immer vom Meer. Und Reisen liebe ich über alles. Wohin segeln wir jetzt?«

Bei seinen Worten fuhr ein anderer Kahn dicht an ihnen vorbei flußaufwärts. Ihr Boot schaukelte, das große Holzskelett knackte wie die Knochen eines Riesen.

Rango legte sich auf den Rücken und sagte: »Wir segeln.«

»Wir haben die Welt verlassen. Alle Gefahren sind draußen ... draußen in der Welt.« Alle Gefahren ... Gefahren für die Liebe, so glaubten sie wie alle Liebenden, kommen von außen, von der Welt. Ihnen kam nie der Gedanke, daß der Tod der Liebe vielleicht in ihnen selbst keimen könnte.

»Ich möchte dich hier festhalten, Djuna. Es wäre schön, wenn du das Boot nie verlassen würdest.«

»Ich hätte nichts dagegen, hierzubleiben.«

(Wenn Zora nicht wäre ... Zora, die auf ihr Essen wartete, auf ihre Medikamente, auf Rango, der Feuer machte.)

»Rango, das Boot schaukelt, wenn du mich küßt.« Die rote Laterne warf zuckende Schatten und glühend rotes Licht auf ihre Gesichter. Er taufte sie die Lampe der Aphrodite.

Er zündete das Feuer im Ofen an. Er warf seine Zigarette ins Wasser. Er küßte ihre Füße, band ihr die Schuhe auf und zog ihr die Strümpfe aus.

Sie hörten etwas ins Wasser fallen.

»Ein fliegender Fisch«, sagte Djuna.
Er lachte.
»Außer dir gibt es im Fluß keine fliegenden Fische. Wenn du in meinen Armen liegst, weiß ich, daß du mir gehörst. Aber deine Füße sind so schnell, so schnell ... sie tragen dich leicht wie Flügel, zu schnell, zu schnell, von mir weg, und ich weiß nie wohin.«
Er rieb sich das Gesicht – aber nicht mit der Handfläche, wie alle anderen es tun. Er rieb sich das Gesicht mit der geschlossenen Faust, wie Kinder, wie Bären und Katzen.
Er liebkoste sie mit solcher Leidenschaft, daß die kleine rote Laterne zu Boden fiel. Das rote Glas zerbrach, und auf dem Boden züngelten milde Flämmchen auf. Sie sah es ohne Furcht. Sie liebte das Feuer und hatte immer gewünscht, in der Nähe der Gefahr zu leben.
Die dicken, trockenen Holzbohlen saugten das Petroleum auf, und das Feuer erstarb.
Sie schliefen ein.

Der betrunkene Alte vom Fluß, der Exkapitän eines Ausflugsdampfers, hatte lange Zeit allein auf dem Boot gelebt. Er war sein einsamer Bewacher und Besitzer gewesen. Rangos kraftvoller Körper, seine dunkle indianische Haut, seine ungebändigten schwarzen Haare, seine

tiefe und temperamentvolle Stimme ängstigten den alten Mann.
Wenn Rango abends im Schlafzimmer das Feuer im Ofen anzündete, schimpfte der Alte in seiner Kabine über den Lärm, den er dabei machte.
Außerdem verübelte er es Rango, daß er ihm nicht erlaubte, Djuna zu bedienen. Und wenn er betrunken war, stieß er Flüche und Drohungen zwischen den Zähnen hervor.
Eines Abends kam Djuna kurz vor Mitternacht zum Boot. Es war eine stürmische Nacht, und die toten Blätter tanzten im Wind. Sie fürchtete sich immer davor, allein die Stufen zum Ufer hinunterzugehen. Es gab hier kein Licht. Deshalb hatten sie vereinbart, daß sie von der Straße aus einen Stein auf das Bootsdeck werfen sollte, um Rango ihre Ankunft zu melden. Er konnte sie dann oben an der Treppe erwarten.
In dieser Nacht aber versuchte sie, sich über ihre Angst lustig zu machen, und ging allein hinunter. Sie stolperte über schlafende Clochards und begegnete Huren, die unter den Bäumen ihrem Gewerbe nachgingen. Sie bekämpfte ihre Angst und rannte so schnell wie möglich die Stufen zum Fluß hinunter.
Als sie das Boot erreichte, sah sie kein Licht im Schlafzimmer, und kein Rango erwartete sie an Deck. Aber der alte Wächter tauchte, betrun-

ken schwankend, mit roten Augen und stammelnd, in der Falltür auf.

Djuna fragte: »Ist *Monsieur* bereits da?«

»Natürlich ist er da. Warum kommen Sie nicht herunter? Kommen Sie herunter! Kommen Sie herunter!«

Aber Djuna sah kein Licht im Zimmer, und sie wußte, wenn Rango da wäre, hätte er ihre Stimme schon gehört und wäre heraufgekommen.

Der alte Wachmann hielt die Falltür auf, stampfte mit dem Fuß und wiederholte gereizt: »Warum kommen Sie nicht herunter? Was ist mit Ihnen los?«

Djuna wußte, daß er betrunken war. Sie fürchtete sich vor ihm und wendete sich zum Gehen. Er wurde immer zorniger, so hielt sie es für richtig zu gehen.

Die Verwünschungen des alten Mannes folgten ihr.

Jetzt stand sie allein oben an der Treppe. Es war totenstill und dunkel, und sie fürchtete sich. Was wollte der alte Mann an der Falltür? Hatte er Rango etwas angetan? War Rango im Zimmer? Sie hatten dem Alten gesagt, er könne nicht länger auf dem Boot bleiben. Vielleicht hatte er sich gerächt. Wenn Rango etwas zugestoßen war, würde sie vor Kummer sterben. Vielleicht war Rango inzwischen über die andere Brücke gekommen?

Es war ein Uhr morgens geworden. Sie wollte einen zweiten Stein auf das Deck werfen und sehen, ob er reagierte.
Als sie den Stein aufhob, kam Rango.
Sie gingen zusammen hinunter zum Boot. Der Alte stand immer noch da und redete mit sich selbst.
Rango konnte schnell wütend und heftig werden. Er sagte: »Sie wissen doch, daß Sie ausziehen sollen. Sie können sofort gehen.«
Der alte Wachmann schloß sich in seine Kabine ein und überschüttete sie mit Beschimpfungen. »Ich werde noch acht Tage bleiben«, schrie er, »ich war einmal Kapitän, und wenn ich will, kann ich jederzeit wieder Kapitän sein. Kein Schwarzer wird mich von hier vertreiben. Ich habe ein Recht darauf, hier zu sein.«
Rango wollte ihn hinauswerfen, aber Djuna hielt ihn zurück.
»Er ist betrunken. Morgen wird er wieder ruhig sein.«
Die ganze Nacht hindurch tanzte und spuckte der Alte, schnaubte, fluchte, drohte und trommelte auf seinem Blechteller.
Rangos Zorn wuchs, und Djuna erinnerte sich, daß andere Leute gesagt hatten: »Der Alte ist stärker, als man vermutet. Ich habe gesehen, wie er einen Mann mühelos zusammengeschlagen hat.« Sie wußte, daß Rango der Stärkere

war, aber sie fürchtete die Heimtücke des Alten. Ein Messer im Rücken, eine Untersuchung, ein Skandal. Und vor allem ... Rango könnte verletzt werden.

»Geh von Bord und überlaß ihn mir«, sagte Rango.

Djuna brachte ihn davon ab, beruhigte ihn, und im Morgengrauen schliefen sie ein.

Als sie das Boot mittags verließen, trank der Alte bereits Rotwein mit den Clochards am Ufer. Sie gingen vorüber, da spuckte er ostentativ voll Verachtung in den Fluß.

Das Bett war niedrig, und über ihren Köpfen knarrten die geteerten Balken. Der Ofen bullerte vor Hitze, das Wasser klatschte sanft gegen die Bordwände, und die Straßenlaternen warfen ein schwaches, gelbes Licht in den Raum.

Rango begann, Djuna die Schuhe auszuziehen, um ihre Füße in seinen Händen zu wärmen. Der Alte vom Fluß war zurückgekommen und warf lärmend Kochtöpfe gegen die Wand seiner Kabine; dazu sang er:

»Nanette verschenkt,
wofür man bei anderen zahlt.
Nanette ist großzügig,
Nanette schenkt Liebe
unter einer roten Laterne.«

Wutentbrannt sprang Rango auf, seine Augen funkelten. Er schüttelte die wirren Haare, sein mächtiger Körper straffte sich, und er stürzte zur Kabine des alten Mannes. Er hämmerte gegen die Tür. Einen Moment lang war es still, dann wurde das Lied fortgesetzt:

»Nanette trug ein Band
in ihrem schwarzen Haar.
Nanette zählte nie,
was sie gab ...«

Der Alte trommelte auf seinen Blechteller und schwieg wieder.
»Mach auf!« schrie Rango.
Schweigen.
Rango warf sich gegen die Tür, die krachend und splitternd nachgab.
Der Alte lag halbnackt auf einem Haufen Lumpen. Die Baskenmütze saß schräg auf seinem Kopf, in seinem Bart hingen die Reste von Suppe, und er hielt einen Stock in der zitternden Hand.
Rango wirkte wie Peter der Große: ein Meter achtzig, wehende, schwarze Haare und bereit zum Kampf.
»Hinaus!«
Die Trunkenheit machte den Alten benom-

men, er weigerte sich zu gehen. In seiner Kabine stank es so schrecklich, daß Djuna, die hinter Rango eingedrungen war, zurückwich. Auf dem Boden standen überall schmutzige Töpfe und Pfannen; aus zahllosen leeren Weinflaschen strömte ein saurer Geruch.
Rango schob Djuna ins Schlafzimmer und ging zur Polizei.
Djuna hörte, wie Rango mit dem Polizisten zurückkam und ihm die Situation erklärte. Sie hörte, wie der Polizist zu dem Alten sagte: »Ziehen Sie sich an. Der Besitzer hat Sie aufgefordert zu gehen. Ich habe hier eine gerichtliche Verfügung. Ziehen Sie sich an.«
Der Alte tastete im Liegen ungeschickt nach seinen Kleidern. Es gelang ihm nicht, die Hose richtig anzuziehen. Er blickte immer wieder in ein Hosenbein, schien sich darüber zu wundern, wie eng es war, und murmelte vor sich hin. Der Polizist wartete. Hätten sie versucht, ihm beim Anziehen zu helfen, hätte er sich gewehrt und sich schwer gemacht wie ein lebloser Stein. Er wiederholte immer wieder: »Was macht es schon? Ich war Kapitän auf einer Yacht. Ein weißes und elegantes Schiff ... kein heruntergekommener Kahn. Ich hatte auch eine weiße Uniform. Werft mich doch in den Fluß. Es macht mir nichts aus. Es ist mir egal, wenn ich sterbe. Ich bin kein böser alter Mann.

Ich mache Besorgungen für Sie ... oder etwa nicht? Ich hole Wasser. Ich bringe Kohlen. Was ist schon dabei, wenn ich nachts ein bißchen singe?«
»Sie singen nicht nur ein bißchen«, erklärte Rango, »jedesmal wenn Sie nach Hause kommen, machen Sie einen Höllenlärm. Sie klappern mit den Eimern, schlagen gegen die Wände, Sie sind immer betrunken und fallen die Treppe herunter.«
»Ich habe tief geschlafen. Tief geschlafen, sage ich Ihnen. Wer hat die Tür eingeschlagen? Sagen Sie es mir? Wer ist in meine Kabine eingedrungen? Ich gehe nicht. Ich kann meine Hose nicht finden. Die hier ist mir zu klein.«
Dann sang er wieder:

»Laissez moi tranquille.
Je ferais le mort.
Ma chandelle est morte,
et ma femme aussi.«

Rango, der Polizist und Djuna mußten lachen. Sie konnten plötzlich nicht mehr aufhören zu lachen. Der alte Mann wirkte so benommen und unschuldig.
»Sie können bleiben, wenn Sie ruhig sind«, sagte Rango.
»Wenn Sie nicht ruhig sind«, erklärte der Poli-

zist, »komme ich zurück, nehme Sie mit und werfe Sie ins Gefängnis«.
»Ich spiele den toten Mann«, sagte der alte Mann, »Sie werden gar nicht merken, daß ich hier bin.«
Plötzlich war er ganz erstaunt und fügsam. »Aber niemand hat das Recht, eine Tür einzuschlagen. Was sind das für Manieren, frage ich Sie. Ich habe oft genug einen Mann zusammengeschlagen. Aber eine Tür eingeschlagen habe ich noch nie. Nirgends ist man mehr ungestört. Keine Manieren.«
Als Rango ins Schlafzimmer zurückkam, lachte Djuna noch immer. Er breitete die Arme aus. Sie verbarg ihr Gesicht in seinem Mantel und sagte: »Es gefällt mir, wie du die Tür aufgebrochen hast.« Sie fühlte sich erleichtert, als habe sich eine unmerklich in ihr aufgestaute Gewalt entladen, wie es geschieht, wenn man einen Sturm beobachtet, der donnernd und blitzend den eigenen Ärger abreagiert.
»Es gefiel mir, wie du die Tür zertrümmert hast«, wiederholte Djuna.
Durch Rangos Tun hatte sie einen Blick in einen Bereich geworfen, den sie bis dahin noch nicht kannte. Sie war mit der Atmosphäre der Gewalt in Berührung gekommen, die ihr noch unvertraut gewesen war.

Die Seine begann vom Regen anzuschwellen und stieg hoch über die Markierung an den Steinen, die im Mittelalter Überschwemmungen anzeigten. Anfangs stand das Wasser nur niedrig auf den Quais, und die Clochards, die unter der Brücke hausten, mußten ihre Sommerwohnungen unter den Bäumen beziehen. Dann schwappte das Wasser am Fuß der Treppe, stieg langsam von Stufe zu Stufe und machte schließlich auf der achten halt – hoch genug, daß ein Mann darin ertrinken konnte.
Die Kähne an ihren Ankerplätzen stiegen mit; ihre Bewohner mußten die Ruderboote herablassen und ans ferngerückte Ufer rudern. An der Mauer hing eine Strickleiter, die sie hochkletterten, um festen Boden zu erreichen. Die Spaziergänger beobachteten dieses Ritual gern; es wirkte wie eine friedliche Invasion der Stadt durch die Bewohner der Hausboote.
Nachts wurde die Zeremonie gefährlich; das Übersetzen von oder zu den Booten verlief nicht ohne Schwierigkeiten. Mit dem Anschwellen des Flusses bildeten sich heftige Strömungen. Die stets lächelnde Seine zeigte die bedrohliche Seite ihres Wesens.
Die Strickleiter war uralt, und die Zeit hatte sie mürbe gemacht.
Rangos Ritterlichkeit war den Umständen angemessen. Er half Djuna beim Überklettern der

Mauer, ohne daß die neugierigen Zuschauer zuviel von ihrem spitzenbesetzten zartrosa Unterrock sahen. Dann hob er sie ins Ruderboot. Zunächst stand er im Boot und stieß es mit einer Stange vom Ufer ab, da es sonst von der Strömung wieder gegen die Treppenstufen getrieben worden wäre. In einiger Entfernung vom Ufer wurde das Boot von einer anderen Strömung erfaßt und trieb in die entgegengesetzte Richtung. Rango mußte dagegen ankämpfen, daß das Boot den Fluß hinuntertrieb. Er hatte die Hosenbeine aufgerollt, und Djuna sah seine kräftigen, braunen nackten Beine; der Wind zerzauste ihm die Haare, die Armmuskeln waren angespannt, und er lächelte, glücklich über seine Kraft. Djuna lehnte sich zurück und ließ sich jedesmal von neuem retten oder wie eine venezianische Dame über den Fluß rudern.

Rango erlaubte nicht, daß der Wachmann sie beide übersetzte. Er wollte derjenige sein, der seine Herzensdame zum Hausboot ruderte. Er wollte den wilden Strom für sie meistern, sie sicher in das gemeinsame Heim bringen und sich das Gefühl verschaffen, sie dem Festland entführt, Paris abgetrotzt zu haben, um sie im Turm seiner Liebe zu schützen und zu verbergen.

Um Mitternacht, wenn andere von der Wärme eines Kaminfeuers und von Hauspantoffeln träumen, wenn sie ein Taxi suchen, um vom Theater nach Hause zu fahren oder sich in Bars hohlen Vergnügungen hingeben, erlebten Rango und Djuna eine romantische Rettung: den Kampf mit einem zornigen Fluß, eine gefahrvolle Reise, die ihnen nasse Füße und Kleider einbrachte; ein Abenteuer, bei dem die Liebe, die Liebesprobe und die Belohnung in eins zusammenfielen. Djuna wußte, wenn Rango fiel und ertrank, würde sie ebenfalls sterben, und Rango wußte, wenn Djuna in den eiskalten Fluß fiel, würde er beim Versuch, sie zu retten, sterben. In solchen Augenblicken der Gefahr erkannten beide, daß jeder für den anderen der Grund war zu leben, und in solche Augenblikke legten sie ihr ganzes Sein.

Rango ruderte, als seien sie Schiffbrüchige auf hoher See und nicht im Herzen einer Stadt. Djuna saß im Boot und beobachtete ihn voll Bewunderung, als sei dies ein mittelalterliches Turnier, und sein Sieg über die Seine das höchste Opfer, das er der Macht ihrer Weiblichkeit darbrachte.

Aus Ehrerbietung und aus Liebe ließ er auch nicht zu, daß ein anderer den Ofen für sie anzündete, als sei er die Wärme und das Feuer, an dem sie ihre Füße trocknen und wärmen könnte. Er trug sie durch die Falltür in den eiskalten, vom Winternebel feuchten Raum hinunter.

Zitternd vor Kälte stand sie dort, während er mit einer Hingabe Feuer machte, in die er seinen innigen Wunsch, sie zu wärmen, hineinlegte. Und deshalb schien es, als sei es kein ganz gewöhnlicher, rauchender und widerspenstiger Ofen und Rango sei kein gewöhnlicher Mann, der versuchte, mit feuchten Zeitungen das Holz zum Brennen zu bringen, sondern ein Wagnerheld, der im dunklen Wald ein Feuer entfachte.

So gaben Liebe und Verlangen unbedeutenden Handlungen große Dimensionen und erneuerten in einer Winternacht in Paris den Mythos in seiner vollen Bedeutung. Djuna lachte, als die erste Flamme emporzüngelte, und sagte: »Du bist der Gott des Feuers.«

Er hüllte sie so fest in seine Wärme und schloß das Tor ihrer Liebe so dicht, daß keine zerstörerische Luft von draußen eindringen konnte.

Nun waren sie zufrieden; für sie hatte sich der Traum der Liebenden von einer einsamen Insel, einer Zelle, einem Kokon erfüllt, wo sie gemeinsam eine Welt neu erschaffen wollten.

In der Dunkelheit schenkten sie sich ihre vielen Ichs und nahmen nur die jüngeren Datums aus: diejenigen aus der Geschichte der Jahre, bevor sie sich kennenlernten. Denn dies war ein gefährlicher Bereich, aus dem Uneinigkeit, Zweifel und Eifersucht entspringen konnte. Sie versuchten in der Dunkelheit vielmehr, sich ihre früheren, unschuldigen und freien Ichs zu schenken.

Sie kehrten in das Paradies zurück, das alle Liebenden ersehnen, um wieder ein unbeflecktes Ich zu finden und es dem anderen zu schenken. Durch ihre Zärtlichkeiten von der jüngsten Vergangenheit reingewaschen, kehrten sie gemeinsam in ihre Kindheit zurück.

Djuna erlebte sich in diesem Moment als kleines Mädchen. Sie spürte wieder den Druck des Kreuzes, das sie um den Hals getragen hatte, und roch den Weihrauch der Messe. Sie erinnerte sich an den kleinen Altar neben ihrem Bett, an den Duft der Kerzen, an die verblaßten künstlichen Blumen, an das Gesicht der Jungfrau Maria und an den Gedanken von Tod und Sünde, die in ihrer kindlichen Vorstellung unauflöslich miteinander verbunden waren. Sie spürte wieder die kleinen Brüste unter dem einfachen Kleid und die Schenkel, die sie fest zusammenpreßte.

Sie war jetzt das erste Mädchen, das er liebte. Er hatte sich auf sein Pferd geschwungen, um sie zu besuchen; er war die ganze Nacht durch die Berge geritten, um einen Blick von ihr zu erhaschen. Djunas Gesicht war das Gesicht dieses Mädchens, mit dem er nur getrennt durch ein Eisentor sprechen durfte. Djunas Gesicht war das Gesicht seiner Träume, ein Gesicht mit den weit auseinanderstehenden Augen der Madonnen des sechzehnten Jahrhunderts. Er würde dieses Mädchen heiraten und es wie ein Araber eifersüchtig für sich behalten. Die Welt würde sie nie zu Gesicht bekommen oder von ihr erfahren.

Während er von seiner Kindheit sprach, erlangte auch er in der Tiefe seiner Liebe, unter dem weiten Zelt seiner Liebe, die Unschuld wieder. Diese wiedergewonnene Unschuld war weit kostbarer als die erste, denn sie entsprang nicht dem Unwissen, der Angst oder der Unerfahrenheit. Geläutert wie reinstes Gold ging sie aus vielen Prüfungen, Entscheidungen und bewußter Ablehnung von Minderwertigem hervor. Nach vielen Entweihungen wurde sie aus Mut geboren und kam aus den tieferen Schichten des Wesens, die der Kindheit verschlossen bleiben.

Rango sprach in die Dunkelheit: »Der Berg, auf dem ich geboren wurde, war ein erloschener Vulkan. Er war dem Mond nahe. Der Mond dort war so riesengroß, daß er den Menschen Furcht einjagte. Manchmal umgab er sich mit einem roten Hof, der wie ein Heiligenschein leuchtete und den halben Himmel einnahm, und alles war in Rot getaucht ... Es gab einen Vogel, auf den wir Jagd machten. Er hatte so viel Leben in sich, daß die Indianer ihm, nachdem wir ihn geschossen hatten, zwei Federn ausreißen und von hinten in den Hals stoßen mußten, sonst wäre er nicht gestorben ... Wir jagten Enten in den Sümpfen; und einmal geriet ich in Treibsand. Ich konnte mich nur dadurch retten, daß ich schnell aus meinen Stiefeln schlüpfte und auf festen Boden sprang ... Auf unserem Dach nistete ein zahmer Adler ... Im Morgengrauen versammelte meine Mutter den ganzen Haushalt um sich und betete den Rosenkranz ... Sonntags gaben wir große Essen, die den ganzen Nachmittag lang dauerten. Ich kann mich noch an den Geschmack der Schokolade erinnern, nach spanischer Art war sie dick und süß ... Prälaten und Kardinäle kamen in ihren goldenen und purpurnen Gewändern zu uns. Wir führten das Leben der Spanier des sechzehnten Jahrhunderts. Die unermeßliche Natur, die uns umgab, versetzte uns in eine Art Trance. Ihre Größe machte uns traurig und einsam.

In der ersten Zeit erschien mir Europa so klein und armselig im Vergleich zu Guatemala. Das ist ein Spielzeugmond, sagte ich, ein Spielzeugmeer, welch kleine Häuser und winzige Gärten! Zuhause mußte man sechs Stunden mit der Bahn fahren oder drei Wochen lang reiten, um den Gipfel des Berges zu erreichen, an dem wir auf die Jagd gingen. Wir blieben dort monatelang und schliefen im Freien auf dem Boden. Man mußte langsam gehen, denn die dünne Luft belastete das Herz. In einer bestimmten Höhe konnten Pferde und Maulesel kaum überleben; sie bluteten aus Maul und Ohren. Wenn wir die Schneegipfel erreichten, war der Himmel über uns beinahe schwarz. Wir blickten über steile Felsen nach unten, Tausende von Metern hinunter, und sahen dort klein und leuchtend grün den üppigen tropischen Dschungel. Manchmal ging mein Pferd stundenlang in der Nähe eines Wasserfalls, bis mich das Geräusch des fallenden Wassers hypnotisierte. Und die ganze Zeit über, in Schnee und Wildnis, träumte ich von einer blassen schlanken Frau ... Mit siebzehn liebte ich die kleine Statue einer spanischen Madonna. Sie hatte die gleichen weit auseinanderstehenden Augen wie du. Ich träumte von dieser Frau, die du warst, und ich träumte von Städten. Ich träumte davon, in Städten zu leben ... Oben auf dem Berg, wo ich geboren wurde, ging man nie über ebenen Boden, man ging immer über Treppen. Man ging auf einer endlosen Treppe aus riesigen Quadern dem Himmel entgegen. Niemand weiß, wie es den Indios gelungen ist, diese Steine aufeinanderzusetzen; es scheint menschenunmöglich. Die Treppe schien eher von Göttern gemacht, denn die Stufen waren für Menschen viel zu hoch. Sie waren für Riesengötter gebaut, für die riesigen, in Stein gehauenen Mayagötter, die das Blut der Menschenopfer tranken, die über die vergeblichen Mühen der Menschen lachten. Immer wieder brachen Vulkane aus und überschütteten die Dörfer der Indios mit Feuer, Lava und Asche. Manche traf es beim Hinabklettern über die Felsen. Sie erstarrten mit vorgeneigtem Oberkörper in der Lava, wie vom Fluch der Erde, von Verwünschungen aus dem Bauch der Erde gebannt. Manchmal fanden wir Fußspuren, die größer waren als unsere eigenen. Konnten sie von den weißen Stiefeln der Mayas stammen? Dort, wo ich geboren wurde, begann die Welt. Wo ich geboren wurde, lagen Städte unter Lava begraben, waren ungeborene Kinder von Vulkanen vernichtet worden. Dort oben gab es zwar kein Meer, aber einen See, auf dem ebenso heftige Stürme wüten konnten. Der Wind war manchmal so schneidend, daß er einen zu enthaupten schien. Sandstürme bohrten sich in die Wolken, und die Lava erstarrte in der Form von Sternen. Bäume starben an Fieber und warfen verbrannte Blätter ab; der Tau verdampfte, wenn er zur Erde fiel, und Wolken stiegen aus den trockenen rissigen Lippen der Erde auf ... Und dort wurde ich geboren. Meine erste Erinnerung ähnelt in nichts der anderer Kinder; meine erste Erinnerung ist eine Pythonschlange, die eine Kuh verschlingt ... Die armen Indios besaßen kein Geld, um Särge für ihre Toten zu kaufen. Wenn man die Leichen nicht in Särge legen kann, verbrennt man sie. Kleine blaue Flammen züngeln auf, wenn der Schwefel brennt. Nachts wirken diese kleinen Flammen seltsam und furchterregend ... Unser Haus erreichte man nur, indem man einen Fluß überquerte. Dann kam man zu einem Patio, der so groß war wie die *Place Vendôme*. Dahinter lag die Kapelle, die zu unserer Hazienda gehörte. Man holte jeden Sonntag einen Priester aus der Stadt, der die Messe las ... Das Haus war groß und weitläufig; es hatte viele Innenhöfe und war blaßrosa verputzt. Die Wände eines Zimmers waren mit Waffen bedeckt. In einem anderen Raum gab es nur Bücher. Ich erinnere mich immer noch an den Zedernholzduft im Zimmer meines Vaters. Ich bewunderte seine Eleganz, seine Männlichkeit, seinen Mut ... Eine meiner Tanten war sehr musikalisch. Sie heiratete einen brutalen Mann, der sie unglücklich machte. Sie hungerte sich zu Tode und spielte nächtelang Klavier. Ich hörte sie

Nacht für Nacht spielen, bis sie starb. Später fand ich ihre Noten, die mir die Musik näherbrachten. Bach, Beethoven, Komponisten, die damals auf den abgelegenen Haziendas kaum bekannt waren. Nur Mädchen besuchten die Musikschulen. Musik galt als feminin. Ich konnte nicht dorthin gehen und mußte allein üben, denn die Mädchen lachten mich aus. Obwohl ich so groß war, und in vieler Hinsicht derb, die Jagd liebte, den Kampf und das Reiten, liebte ich das Klavier über alles ... Die Männer in den Bergen sind von dem Wunsch besessen, einmal das Meer zu sehen. Ich werde den ersten Anblick des Meeres nie vergessen. Der Zug erreichte die Küste um vier Uhr morgens. Ich war wie betäubt und zutiefst bewegt. Wenn ich die Odyssee lese, tue ich das auch heute noch mit der Faszination des Mannes aus den Bergen für das Meer, des Mannes aus den kalten Regionen für das warme Klima, des dunklen, leidenschaftlichen Indios für die griechische Unbeschwertheit und Sanftheit. Und das ist es auch, was mich zu dir hinzieht, denn du bist das Tropische, du hast die Sonne in dir, das Weiche und das Glänzende ...«

Was war mit diesem Körper geschehen, der für den Berg, für Gewalt und Krieg geschaffen war? Eine kleine blaue Flamme der Musik, der Kunst war aus dem Körper der Tante, die starb, während sie Bach spielte, in seinen Körper übergesprungen, der für die Jagd, den Krieg und die Turniere der Liebe geschaffen war. Diese kleine, unruhige schweflige Flamme hatte ihn weg von seinem Geburtsort und hin zu den Städten, den Cafés und den Künstlern gelockt.

Aber sie hatte keinen Künstler aus ihm gemacht.

Sie war eine Fata Morgana gewesen und hatte ihn nur verlockt, das heimatliche Leben zu verlassen. Sie raubte ihm die Hazienda, den Luxus, die Eltern, Ehe und Kinder und machte ihn zum Nomaden, zum Wanderer, zu einem ruhelosen, heimatlosen Mann, der nie mehr nach Hause zurückkehren konnte. »Denn ich schäme mich; ich habe nichts vorzuweisen. Ich würde als Bettler zurückkommen.«

Die kleine blaue Flamme der Musik und der Poesie leuchtete nur in der Nacht, in den langen Nächten der Liebe – das war alles. Tagsüber war sie unsichtbar. Sobald der Tag anbrach, erhob sich sein Körper mit solcher Kraft, daß sie dachte: Er wird die Welt erobern.

Sein Körper war nicht wie der eines Städters gemeißelt, nicht mit der Präzision und der Eleganz einer polierten Statue, sondern war eher aus Ton modelliert, schwerer, formloser und auch gröber in den Konturen. Er erinnerte an eine primitive Skulptur, er hatte etwas von den stärkeren Konturen der Tiere, der Felsen, der Erde und Pflanzen aus dem Land der Indios.

Seine Mutter hatte immer gesagt: »Du küßt mich nicht wie ein Junge, sondern wie ein kleines wildes Tier.«

Er begann den Tag langsam, wie ein junges Raubtier. Er rieb sich die Augen mit den Fäusten, gähnte mit geschlossenen Lidern, verzog den Mund lustig und listig, und seine ganze Kraft verbarg sich wie die des Löwen in einer geschmeidigen Form, die kein Zeichen von Anstrengung verriet.

Er begann den Tag langsam, als sei das Bewußtsein des Menschen etwas, das er während der Nacht abgeworfen hatte, und das wieder übergestreift werden mußte wie eine künstliche Hülle für seinen Körper.

In der Stadt war dieser Körper nutzlos, da er für stürmische Bewegungen geschaffen war; geschaffen, um zu springen, sich einer Gefahr zu stellen, sich den Bewegungen eines Pferdes anzupassen. Oft mußte er wie überflüssig beiseitegelegt werden. Straffe Muskeln, Nerven, Instinkte, animalische Schnelligkeit waren nicht zu gebrauchen. Der Kopf mußte erwachen, nicht die Muskeln und Sehnen. Das Bewußtsein für eine andere Art Gefahr, eine an-

dere Art Anstrengung mußte erwachen. Die Herausforderungen der Stadt mußten von abstraktem Verstand und Wissen im Kopf erwogen, gemeistert und bewältigt werden.
Die Stadt zerstörte die physische Euphorie. Luft und Raum waren begrenzt. Die Lunge schrumpfte. Das Blut verdünnte sich. Die Geschmacksnerven wurden abgestumpft und verdorben.
Die Schönheit, das Großartige und der Rhythmus des Körpers wurden schnell zerstört. Uhrzeit, Maschinen, Autohupen, Sirenen und Menschenmengen erfaßten jeden in ihrem Getriebe, machten ihn taub und stumpften ihn ab. Der Rhythmus der Stadt unterwarf den Menschen; der zwingende Befehl, am Leben zu bleiben, bedeutete daher eigentlich, daß man eine Abstraktion werden mußte.
Rangos Protest bestand darin, den Feind zu leugnen und damit zu vernichten. Er ging daran, die Uhrzeit zu leugnen, und so verpaßte er alles, was er erreichen wollte. Um seinem eigenen Rhythmus und nicht dem der Stadt zu gehorchen, machte er alle möglichen Umwege. So wurden die einfachsten Dinge, wie rasieren oder ein Steak einkaufen, zu Angelegenheiten, die Stunden in Anspruch nahmen; andererseits wurden lebenswichtige Briefe nie geschrieben. Wenn er an einem Zigarettengeschäft vorbei-

ging, erwies sich seine Abneigung, sich praktisch und rational zu verhalten, als stärker. Er überging seine Bedürfnisse und vergaß, die Zigaretten zu kaufen, nach denen es ihn verlangte. Aber dann machte er vielleicht, kurz ehe er das Haus eines Freundes erreichte, bei dem er zum Mittagessen eingeladen war, einen großen Umweg, um Zigaretten zu erstehen. Dadurch kam er zu spät zum Mittagessen, und sein verärgerter Freund hatte das Haus bereits verlassen. So waren wieder einmal Rhythmus und Gesetz der Stadt zerstört, die Ordnung gebrochen, und mit ihr Rango. Denn Rango bekam kein Mittagessen.

Vielleicht versuchte er dann, den Freund in einem Café zu finden. Dort traf er einen anderen und unterhielt sich mit ihm über Buchbinderei. Inzwischen wartete ein dritter Freund in der Botschaft von Guatemala auf Rango; wartete auf seine Hilfe, auf seine Empfehlung. Rango erschien nicht; unterdessen erwartete ihn Zora im Krankenhaus, und Djuna wartete auf dem Hausboot, während das Abendessen, das sie für ihn gekocht hatte, auf dem Feuer verbrutzelte.

Rango stand in diesem Moment vielleicht schon an einem Bücherstand und betrachtete Radierungen oder würfelte an der Theke eines Cafés um einen Drink. Und jetzt, nachdem er das Gefüge der Stadt zerstört und in einen Scherbenhaufen verwandelt hatte, kam er zu Djuna zurück und sagte: »Ich bin müde.« Er legte entmutigt seinen schweren Kopf an ihre Brust, legte seinen schweren Körper auf ihr Bett, und alle seine unerfüllten Wünsche, seine Fehlschläge lagen wie Steine in ihm und zogen ihn nach unten. Das Bett stöhnte unter der Unfähigkeit, die aus seinen Worten sprach: »Ich wollte dies tun; ich wollte jenes tun; ich will die Welt verändern; ich will ausziehen und kämpfen, ich will ...«

Aber es ist bereits Nacht; der Tag ist zerfallen, hat sich unter seinen Händen aufgelöst, und Rango ist müde. Er möchte noch ein Glas Wein aus dem kleinen Faß trinken, eine Banane essen und wieder über seine Kindheit sprechen. Er möchte vom Brotbaum erzählen, vom Baum der Schatten, der tötet, vom Tod des kleinen schwarzen Jungen, den ihm der Vater zum Geburtstag geschenkt hatte – ein kleiner schwarzer Junge, der am selben Tag wie Rango geboren worden war, aber im Dschungel. Er sollte ihn auf der Jagd begleiten, aber er starb sehr bald an der Kälte oben in den Bergen.

In der Dämmerung, wenn Rango die Ordnung der Stadt völlig zerstört hatte, weil die Stadt seinen Körper zerstörte, und der Tag wie ein Friedhof der Verneinung, der Auflehnung und der Fehlschläge vor ihm lag, ein riesiges Netz, in dem er sich gefangen hatte, wie ein Kind sich in einem Befehl verfängt, den es nicht verstehen kann, und in Gefahr gerät, sich zu strangulieren ... fürchtete Djuna, er könne ersticken oder zermalmt werden, und versuchte sanft, ihn zu befreien, so wie sie seine zerbrochene Brille aufhob, um sie reparieren zu lassen ...

Sie hatten einen Moment der Vollkommenheit menschlicher Liebe erreicht. Sie hatten einen Moment vollkommenen Verstehens und vollkommener Harmonie geschaffen. Dieser Moment höchsten Verstehens würde ihnen als Maßstab in Erinnerung bleiben, um sie später zu quälen, wenn all die natürlichen Unvollkommenheiten ihn zersetzten und auflösten.
Die Erschütterungen waren zunächst unmerklich, und noch wies nichts auf die künftige Zerstörung hin. Am Anfang war die Vision klar und rein wie ein vollkommener Kristall. Aber jede Handlung, jedes Wort konnte geeignet sein, Licht und Wärme auf die wachsenden Wurzeln der Liebe zu breiten oder sie langsam zu zerstören und ihre Ausbreitung zu hemmen.
Rango, der vor Djunas Ankunft die Laterne entzündet, damit sie das rote Licht schon von weitem sehen und sich sicher fühlen kann. Die

Laterne, das Symbol seiner Gegenwart und seiner Leidenschaft, das ihre Schritte beschleunigt. Rango, der rechtzeitig Feuer macht, damit sie nicht friert ... Rango konnte diese Rituale nicht aufrechterhalten. Er konnte die Mühe nicht durchhalten, immer rechtzeitig zur Stelle zu sein; seine lebenslange Gewohnheit bewirkte das Gegenteil: Er entzog sich und enttäuschte jede Erwartung anderer; vermied jede Verpflichtung, jedes Versprechen, jede wiederkehrende Handlung.

Die magische Schönheit der Gleichzeitigkeit: zu erleben, daß der Geliebte auf einen zueilt, wenn man ihm gerade entgegenläuft; der Zauber, sich genau um Mitternacht zu treffen und die Einheit zu erreichen, die Illusion eines gemeinsamen Rhythmus, nachdem man Hindernisse überwunden, Freunde verlassen, alle Bande zerrissen hat – all das löste sich bald in nichts auf, durch Rangos Trägheit, durch seine Gewohnheit, jeden wichtigen Moment zu verpassen, nie Wort zu halten, in völligem Chaos zu leben und wie selbstverständlich in einer Flut fehlgeschlagener Absichten, gebrochener Versprechen und aufgehobener Wünsche zu schwimmen.

Für Djuna hatte der Rhythmus größte Bedeutung; gleichgültig wo sie sich befand, spürte sie auch ohne Uhr das Herannahen der Mitter-

nacht. Instinktiv nahm sie rechtzeitig einen Bus, und oft schlug es auf der großen Bahnhofsuhr gerade Mitternacht, wenn sie ausstieg.
Dieser Gehorsam gegenüber der Zeit entsprang ihrem Bewußtsein von der selten erreichbaren Einheit zweier Menschen. Ihr war deutlich und schmerzlich bewußt, daß es sehr selten gleichzeitig in zwei Herzen Mitternacht schlug; sehr selten erweckte die Mitternacht das gleiche Verlangen. Jede Abweichung, jede Indifferenz war ein Hinweis auf Uneinigkeit, auf die Schwierigkeiten, auf die Unmöglichkeit der Verschmelzung zweier Menschen.
Ihre Unbeschwertheit, ihre Bewegungsfreiheit, ihre Angewohnheit, plötzlich zu verschwinden, erleichterten ihr die Flucht. Bei Rango dagegen kannte man es nicht, daß er ging, ehe die Flaschen, die Menschen, die Nacht, das Café und die Straßen völlig leer waren.
Aber in ihren Augen bewies diese Unfähigkeit, Hindernisse zu überwinden, die ihn aufhielten, daß die Stärke seiner Liebe sich verringerte.
Allmählich wurde ihr bewußt, daß er zwei Feuer zu entzünden hatte – eines zu Hause für Zora und eines auf dem Hausboot. Wenn er spät und durchnäßt ankam, war sie von seiner Müdigkeit gerührt und wußte um seine Bürde zu Hause ... schließlich begann sie, das Feuer für ihn anzuzünden.

Er schlief gern lange, während sie von den vorüberfahrenden Lastkähnen, den Nebelhörnern und dem dichten Verkehr auf der Brücke geweckt wurde.
Dann zog sie sich still an, lief zum Café an der Ecke und kam mit Kaffee und Hörnchen zurück, um ihn beim Aufwachen damit zu überraschen.
»Wie menschenfreundlich du bist, Djuna, wie warm und menschenfreundlich ...«
»Aber was hast du von mir erwartet?«
»Oh, wenn man dich ansieht, könnte man glauben, du hättest am Tag deiner Geburt einen Blick auf die Welt geworfen und beschlossen, irgendwo zwischen Himmel und Erde zu leben, in einer Region, die die Chinesen den Ort der Weisheit nannten.«
Die riesige Uhr am Bahnhof *Quai d'Orsay*, die die Menschen auf die Reise schickte, machte morgens ein großes, vorwurfsvolles Gesicht: Es ist Zeit, Rango, sich um Zora zu kümmern; es ist Zeit, sich um deinen Vater zu kümmern; es ist Zeit, in die Welt zurückzukehren; es ist Zeit, es ist Zeit ...
Da Djuna sich erinnerte, wie sehr sie sich gefreut hatte, wenn sie bei ihrer Ankunft die rote Laterne hinter dem Fenster brennen sah, zündete sie die Laterne für Rango an, als er in seine Gewohnheit zurückfiel, sich zu verspäten. Sie

überwand ihre Angst vor dem dunklen Boot, dem betrunkenen Wachmann, den schlafenden Clochards, den Gestalten, die sich zwischen den Bäumen bewegten.

Als sie feststellte, wie sehr er den Wein brauchte, sagte sie niemals: »Trink nicht!« Sie kaufte auf dem Flohmarkt ein kleines Faß und ließ es mit Rotwein füllen. Sie stellte das Faß in Reichweite an das Kopfende des Bettes und vertraute darauf, daß ihr Zusammenleben, ihre gemeinsamen Abenteuer, die Geschichten, die sie einander erzählten, um sich die Zeit zu vertreiben, bald an die Stelle des Weins treten würden. Sie vertraute darauf, daß die Wärme ihres Zusammenseins bald die Wärme des Weins ersetzen würde. Sie glaubte, daß der natürliche Rausch der Zärtlichkeiten aus ihr und nicht aus dem Faß fließen würde ...

Eines Tages hatte er bei seiner Ankunft eine Schere in der Tasche. Zora lag für ein paar Tage im Krankenhaus. Sie schnitt ihm immer die Haare; er haßte Friseure. Würde Djuna ihm die Haare schneiden?

Weder Wasser noch Öl konnte sein dichtes, glänzendes, lockiges schwarzes Haar bändigen. Djuna schnitt es nach seinen Wünschen und empfand sich dabei als seine Ehefrau.

Dann kam Zora nach Hause zurück und nahm sich wieder seiner Haare an.

Und zum ersten Mal weinte Djuna. Rango verstand nicht, weshalb sie weinte.
»Ich würde dir gern die Haare schneiden.«
Rango machte eine ungeduldige Geste. »Ich verstehe nicht, warum dir das wichtig ist. Es bedeutet doch nichts. Ich begreife dich nicht.«
Wenn die Musik nicht wäre, könnte man sein Leben vergessen und befreit von Erinnerungen neu geboren werden. Wenn die Musik nicht wäre, könnte man über die Märkte von Guatemala gehen, über die Schneefelder von Tibet, die Stufen der Hindutempel emporsteigen; man könnte das Kostüm wechseln, Besitztümer abwerfen und nichts von der Vergangenheit zurückbehalten.
Aber die Musik vermischt Früheres mit Gegenwärtigem, sie verfolgt einen mit ihrem vertrauten Klang, und das Herz schlägt nicht mehr in einem anonymen Wald von Augenblicken; es ist keine bloße Bühne von Ereignissen mehr, kein Tempel, kein Markt, keine Straße; jetzt ist es plötzlich der Schauplatz einer Krise zweier Menschen, die sich unerbittlich in allen Details abspielt, als sei die Musik die Partitur des Dramas und nicht seine Untermalung.
Die kleine Szene zwischen Rango und Djuna hätte im Schlaf verblassen können, und leicht hätte Djuna seine Weigerung vergessen, sich

von ihr noch einmal die Haare schneiden zu lassen. Aber da drehte der Leierkastenmann am Ufer boshafterweise den Griff seiner Orgel und rief ihr durch die Musik eine andere Szene ins Gedächtnis: Rangos ausweichendes Verhalten, sein Beharren auf Zoras Recht, ihm die Haare zu schneiden, hätten Djuna nicht so verstört, wenn diese Szene sich nicht mit einer anderen verbunden hätte, die der Leierkastenmann mit einer ähnlichen Melodie begleitet hatte und die er jetzt für sie wieder heraufbeschwor – eine andere Szene, in der ihr ein Wunsch nicht erhört und erfüllt worden war.

Der Leierkastenmann spielte *Carmen* und führte Djuna damit wie ein Zauberer unentrinnbar an den Tag ihrer Kindheit zurück, an dem sie sich ein Osterei gewünscht hatte, das so groß war wie sie selbst. Ungeduldig hatte ihr Vater darauf gesagt: »Was für ein alberner Wunsch!« Ein anderes Mal wollte sie ihn auf die Augenlider küssen, und er hatte sich über sie lustig gemacht. Und einmal hatte sie geweint, als er auf eine Reise ging, und er sagte: »Ich begreife nicht, warum du dem solche Bedeutung beimißt.«

Jetzt sagte Rango dasselbe: »Ich begreife nicht, warum es dich traurig machen sollte, daß du mir nicht die Haare schneiden kannst.«

Warum konnte er sie nicht einen Augenblick

lang schützend in seine starken Arme nehmen und sagen:
»Es geht nicht; Zora hat ein Recht darauf. Aber ich verstehe, wie dir zumute ist. Ich verstehe deine Enttäuschung darüber, daß dein Wunsch, als Ehefrau für mich zu sorgen, nicht erfüllt wird ...«
Sie hätte gerne gesagt: »Sei vorsichtig, Rango. Die Liebe stirbt nie eines natürlichen Todes. Sie stirbt, weil wir es nicht verstehen, ihre Quelle zu speisen. Sie stirbt an Blindheit, an Irrtümern und Verrat. Sie stirbt an Krankheiten und Wunden; sie stirbt an Ermüdung und Abstumpfung und weil sie verwelkt. Aber sie stirbt nie eines natürlichen Todes. Jeder Liebende könnte als Mörder der eigenen Liebe vor Gericht gestellt werden. Wenn dich etwas verletzt, traurig macht, dann beeile ich mich, es zu verhindern, zu ändern. Ich versuche, so zu empfinden wie du, aber du wendest dich mit einer ungeduldigen Geste ab und sagst: ›Ich begreife nicht.‹«
Bei keinem Ereignis zwischen zwei Menschen handelt es sich nur um eine einzige Szene. Es fließen immer viele Szenen zusammen, wie Flüsse, die ineinandermünden. Für Rango bedeutete diese Szene nichts. Für ihn ging es dabei nur um eine von Djunas Launen, um die man sich nicht kümmern mußte.

Er erkannte nicht, daß in dieser einzigen Szene alle unerfüllten Wünsche Djunas enthalten waren. Die Wünsche kamen aus allen Richtungen der Vergangenheit und trafen sich an diesem Punkt, um noch einmal um Verständnis zu bitten.
Der Leierkastenmann begleitete die kleine Auseinandersetzung zwischen den Liebenden mit Liedern aus *Carmen*. Die Musik erfüllte nicht nur diesen Raum auf einem Boot und diese beiden Menschen, sondern sie beschwor viele Räume und eine Prozession von Menschen herauf. Es wurden immer mehr, und alles erreichte ungeheure Ausmaße. Immer mehr analoge Szenen und Wiederholungen kleiner Niederlagen drängten sich Djuna auf, so daß die eine Szene alle enthielt, und die nicht abreißende Begleitmusik des Leierkastenmanns verschmolz und komprimierte sie zu einer einzigen großen Ungerechtigkeit. Die Musik sprengte das erstarrte Herz und setzte eine Woge des Gefühls der Ungerechtigkeit frei, es gab keine Arche Noah, um sich darauf zu flüchten.

Das Feuer loderte hell, und in Djunas Augen spiegelten sich die fröhlich tanzenden Flammen.
Sie sah Rango an, und sie spürte Gefahr. Es war schon oft geschehen, daß Fröhlichkeit bei ihm

plötzlich den Impuls auslöste, das Glück ihres Zusammenseins zu zerstören. Ihre gemeinsamen Freuden waren auch für ihn nie eine strahlende Insel in der Gegenwart. Sie erinnerten ihn daran, daß Djuna das Leben bereits kannte. Sie hatte ihre Zärtlichkeiten von anderen gelernt. Sie hatte in anderen Räumen, in anderen Nächten gelächelt. Auf dem Höhepunkt der Befriedigung durchlief sie jedesmal ein leichter Schauer, und sie fragte sich, wann sie in das Tal der Qualen abgleiten würden.

An diesem Abend tauchte die Gefahr unerwartet auf, als sie über Maler sprachen. Rango sagte plötzlich: »Du hältst also Jay für einen großen Maler!«

Wenn sie einen Freund vor Rangos Ironie und Sarkasmus in Schutz nahm, wurde er jedesmal eifersüchtig. Aber Djuna dachte, es sei ungefährlich, ihre Ansichten über einen Maler zu vertreten.

»Natürlich mußt du Jay verteidigen«, sagte Rango, »er gehört zu deinem früheren Leben, zu deinen alten Wertvorstellungen. Es wird mir nie gelingen, das zu ändern. Ich will aber, daß du so denkst wie ich.«

»Rango, du könntest doch keinen Menschen achten, der seine Meinung aufgibt, nur um dir zu gefallen. Das wäre Heuchelei.«

»Du bewunderst Jays Malerei nur, weil Paul

ihn bewunderte. Für Paul war er der große Maler.«

»Was kann ich dazu sagen, Rango? Was kann ich tun, um dir zu beweisen, daß ich zu dir gehöre? Paul ist weit weg, und du weißt genau, daß wir uns nie wiedersehen werden. Wir haben nicht zusammengepaßt. Ich habe ihn aufgegeben, und ich könnte ihn vergessen, wenn du mich nicht daran hindern würdest. Du erinnest mich immer wieder an ihn.«

In solchen Momenten war Rango nicht mehr der leidenschaftliche, verliebte, zärtliche, der beschützende, großzügige Mann. Sein Gesicht verdunkelte sich vor Zorn, und er gestikulierte heftig. Er redete vage und unzusammenhängend. Sie konnte kaum die entscheidenden Worte auffangen, die ihr vielleicht verrieten, was den Sturm heraufbeschworen hatte, und ihr ermöglichten, ihn zu beschwichtigen oder zu vertreiben.

Langsam stieg der Zorn über die Ungerechtigkeit dieser Szene in ihr auf. Warum benutzte Rango die Vergangenheit, um die Gegenwart zu zerstören? Warum führte er die Qualen bewußt herbei?

Schnell stand sie vom Tisch auf und ging nach oben an Deck. Sie setzte sich in der Dunkelheit neben die Ankerkette. Es regnete, aber sie merkte es nicht. Sie fühlte sich einsam und war verstört.

Dann spürte sie ihn neben sich.
»Djuna! Djuna!«
Er küßte sie. Der Regen, die Tränen und sein Atem, alles vermischte sich. In seinem Kuß lag eine solche Verzweiflung, daß sie weich wurde. Es schien, als sei durch den Streit eine Schale abgefallen und habe einen Kern bloßgelegt wie einen Nerv. So bekam der Kuß eine größere Bedeutung und wurde intensiver, als habe der Schmerz einen Einschnitt hinterlassen, damit der Genuß um so tiefer eindringen konnte.
»Was soll ich tun?« murmelte sie, »was soll ich tun?«
»Ich bin eifersüchtig, weil ich dich liebe.«
»Aber Rango, du hast keinen Grund zur Eifersucht.«
Es schien, als litten sie beide an seiner Krankheit, dem Zweifel, und suchten gemeinsam nach einem Heilmittel.
Sie dachte, Rango würde das Absurde eines Widerrufs, die Absicht erkennen, wenn sie sagte: »Jay war ein schlechter Maler.« Aber wie konnte sie ihm das Vertrauen zurückgeben? Sein ganzer Körper flehte um Sicherheit. Was konnte sie ihm geben, um seinen Zweifel zu heilen, wenn ihre ganze Liebe nicht genügte?
Das Feuer brannte niedrig, als sie ins Zimmer zurückkamen.

Rangos Spannung löste sich nicht. Er fand neben dem Papierkorb einen Stapel Bücher, die sie wegwerfen wollte. Er nahm eins nach dem anderen in die Hand und sah sie sich wie ein Detektiv an.

Dann wendete er sich den Büchern im Regal zu.

Er zog wahllos einen Band heraus und las die Widmung: »Von Paul.«

Es war ein Buch über Jay mit den Reproduktionen seiner Bilder.

Djuna sagte: »Wenn es dich glücklich macht, kannst du es zusammen mit den anderen wegwerfen.«

»Wir werden sie verbrennen.«

»Verbrenn' sie alle«, sagte sie bitter.

Für sie ging es dabei nicht nur um ein Friedensangebot, das seine quälende Eifersucht besänftigen sollte. Sie empfand plötzlich Zorn auf diesen Stapel Bücher, deren Inhalt sie auf solche Situationen nicht vorbereitet hatte. Diese Romane verhüllten so sorgfältig die Wahrheit über die Menschen, über das, was im dunkeln lag, über die Verwicklungen und Geheimnisse. Worte, Worte, Worte, Worte und kein Hinweis auf die Fallgruben und Abgründe, in die die Menschen gerieten.

Sollte er sie alle verbrennen. Sie verdienten ihr Schicksal.

(Rango glaubt, Momente meines Lebens mit Paul zu verbrennen. Aber er verbrennt nur Worte; Worte, die die Wahrheit verschleiern, das Wesentliche ausklammern, den nackten Dämon im Menschen verschweigen und zu Blindheit und Irrtümern beitragen. Die Romane verheißen Erfahrung und bleiben nur an der Oberfläche. Sie berichten nur über Illusionen, leeren Schein, Kostüme und Kulissen. Sie erschließen keine Quellen, bereiten niemanden auf die Krisen, die Abgründe, die Kriege und Fallgruben des Lebens vor. Sie lehren nichts, enthüllen nichts; sie betrügen uns um die Wahrheit, die Unmittelbarkeit, die Realität. Soll er sie verbrennen ... alle Bücher der Welt, die die nackte Wahrheit über die Grausamkeiten meiden, die sich zwischen Mann und Frau in den Abgründen einsamer Nächte ereignen. Ihre Abstraktionen und Umschreibungen sind keine Panzer gegen die Momente der Verzweiflung.)
Sie saß neben ihm am Feuer und baute mit an seinem primitiven Scheiterhaufen. Es war ein Ritual, um ein neues Leben zu beginnen.
Wenn er weiterhin alles absichtlich zerstörte, gelangten sie vielleicht auf eine Art nackter Insel. Dann würden sie sich völlig besitzen. Manchmal erschien ihr diese Absolutheit, die Rango forderte, als etwas Wünschenswertes.

Vielleicht machte das Abstreifen aller Äußerlichkeiten allem Fieber, aller Unrast der Liebe ein unwiderrufliches Ende und führte zur endgültigen Vereinigung, schuf die eine Gestalt von Mann und Frau untrennbar vereint. Vielleicht gab es für Liebende, die bereit waren, die Welt, die sie umgab, zu zerstören, die vollkommene Einheit. Für Rango lag der Samen der Zerstörung in ihrer Welt, zum Beispiel in diesen Büchern, die für Rango die Verschiedenheit ihres Denkens zu deutlich enthüllten.

Um mit ihr zu verschmelzen, war es für Rango notwendig, jeden Unterschied auszulöschen.

Mochten sie also gemeinsam die Vergangenheit verbrennen, die er als Bedrohung ihrer Einheit ansah.

Er drängte das Bild von Paul in eine andere Kammer ihres Herzens – in eine abgeschlossene Kammer, die ohne Zugang zu der Kammer war, in der Rango wohnte – ein Ort in einer dunklen Nische, wo die ewige Liebe strömt ... in einem Reich, das sich so sehr von dem unterschied, in dem Rango lebte, daß sich die beiden in den endlosen Städten der inneren Welten nie begegnen, nie aufeinanderprallen würden.

»Das Herz ... ist ein Organ ... mit vier Kammern ... Eine Wand trennt die Kammern der linken Seite von denen der rechten Seite. Und zwischen ihnen ist keine direkte Verbindung möglich ...«

Pauls Bild wurde verfolgt. Es verbarg sich in der Kammer der Zartheit, als Rango es mit seiner Vernichtung aller Bücher vertrieb, die Paul und sie gemeinsam gelesen hatten.

(Paul, Paul ... dies ist der Anspruch, den du nie erhoben, die Leidenschaft, die du nie gezeigt hast. Du warst so kühl und so leicht, so schwer faßbar. Ich hatte nie das Gefühl, daß du mich umschlingst und Besitzansprüche erhebst. Rango spricht alle Worte aus, die ich von dir hatte hören wollen. Selbst wenn du mich geliebt hast, kamst du mir nicht nahe. Du liebtest mich, wie Männer fremde Frauen in fernen Ländern lieben, deren Sprache sie nicht sprechen. Du liebtest mich fremd und schweigend ...)

Als Rango einschlief, als die rote Lampe ausgebrannt war, lag Djuna immer noch wach. In ihr hallte noch das Echo seiner Heftigkeit. Aufgewühlt dachte sie an die Entdeckung, daß Rangos Vertrauen Tag für Tag neu gewonnen werden mußte. Keine dieser Krankheiten der Seele konnte durch Liebe oder Hingabe geheilt werden; das Übel lag an der Wurzel. Wer sich daran machte, die Symptome zu lindern, unterzog sich einer nicht endenwollenden Aufgabe – es gab keine Hoffnung auf Heilung.

Das Wort *Problem* lag ihm ständig auf den Lippen.

Er zerbrach das Glas, verschüttete den Wein; er verbrannte die Tischplatte mit Zigaretten; er trank den Wein, der seinen Willen schwächte; er zerredete seine Pläne; er zerriß seine Taschen; er verlor seine Knöpfe; er zerbrach seine Kämme.

Er sagte: »Ich werde die Tür streichen. Ich werde Petroleum für die Lampe holen. Ich werde die undichte Stelle im Dach reparieren.«

Monate vergingen: Die Tür blieb ungestrichen, das Dach unrepariert, die Lampe ohne Petroleum.

Er sagte: »Ich würde mein Leben für ein paar Monate der Erfüllung geben ... wenn ich etwas erreichen könnte, auf das ich stolz sein kann.«

Dann trank er noch ein bißchen Rotwein, zündete sich noch eine Zigarette an, ließ die Arme sinken, legte sich neben sie und liebte sie.

Sie betraten einen Laden, und Djuna sah ein Vorhängeschloß, das sie für die Falltür brauchten. Sie sagte: »Wir wollen es kaufen.«

»Nein«, antwortete Rango, »in einem anderen Geschäft habe ich ein billigeres gesehen.«

Sie gab nach. Am nächsten Tag sagte sie: »Ich muß in die Gegend, in der du das billige Vor-

hängeschloß gesehen hast. Sag mir, wo der Laden ist, und ich werde es kaufen.«
»Nein«, antwortete Rango, »ich gehe heute selbst hin und besorge es.«
Es vergingen Wochen, es vergingen Monate, und immer mehr von ihrer persönlichen Habe verschwand, denn an der Falltür fehlte ein Schloß.
Im Leib ihrer Liebe wuchs kein Kind heran ... kein Kind. Aber der Raum füllte sich Tag für Tag mehr mit unzähligen gebrochenen Versprechen, aufgegebenen Wünschen, verlorenen Dingen, einem ungelesen verlegten Buch. Er füllte sich wie ein Speicher mit ausrangierten Dingen.
Rango wollte sie nur leidenschaftlich küssen, wollte nur endlos reden, maßlos trinken und morgens lange schlafen.
Sein Körper glühte immer, seine Augen funkelten, als wolle er in der Dämmerung eine schwere Eisenrüstung anlegen und wie ein liebender Ritter zum Turnier reiten.
Der Turnierplatz war das Café.
Djuna wollte lachen und seine Worte vergessen. Aber er ließ nicht zu, daß sie lachte oder etwas vergaß. Er beharrte darauf, daß sie an dem Bild festhielt, das er in den nächtlichen Gesprächen schuf. Sie sollte am Bild seiner Absichten und seines Wollens festhalten. Jeden Tag übergab er ihr ein neues Spinnennetz der

Phantasien. Sie sollte ein Segel daraus machen und das Boot in den Hafen der Großartigkeit steuern.

Sie durfte nicht lachen. Manchmal geriet sie in Versuchung, das Phantasiegewebe fallen zu lassen und den Rango zu akzeptieren, der nichts zustande brachte, und sagte leichthin: »Als ich dich kennenlernte, wolltest du am liebsten ein Clochard werden. Laß mich die Frau eines Clochards sein.« Dann runzelte Rango streng die Stirn und erinnerte sie an eine ernsthaftere Bestimmung. Er warf ihr vor, seine Ziele aufzugeben und zu mißachten. Unnachgiebig beharrte er auf seiner Forderung, daß sie ihn an die Versprechen erinnerte, die er ihr und sich selbst machte.

Das hartnäckige Festhalten an seinem Traum von einem anderen Rango erweckte ihr Mitgefühl. Sie ließ sich von seinen Worten und dem Idealbild, das er von sich hatte, täuschen. Er hatte sie nicht nur zum Schutzengel ernannt, sondern zur Hüterin seiner Ideale.

Manchmal wäre sie lieber mit ihm in die den Menschen zuträglicheren Regionen – in eine sorglose Welt – hinabgestiegen. Sie neidete ihm die unbekümmerten Stunden im Café, seine unbeschwerten Freundschaften, sein früheres Leben mit den Zigeunern, seine unüberlegten

Abenteuer. Sie beneidete ihn um die Nacht, in der er und seine Zechbrüder ein Ruderboot stahlen, singend die Seine flußaufwärts ruderten und nach Selbstmördern Ausschau hielten, um sie zu retten. Oder darum, daß er manchmal in weit entfernten und unbekannten Stadtvierteln auf einer Parkbank aufwachte. Und um die langen Gespräche mit Fremden im Morgengrauen fern von Paris, wenn ihn ein Lastwagenfahrer mitgenommen hatte. Aber sie durfte ihn in seine Welt nicht begleiten.

Sie hatte in ihm einen Mann erweckt, der plötzlich von seinen früheren Idealen angestachelt wurde, dessen verlorene Manneswürde sich durch Taten manifestieren wollte. Er glaubte, mit der Eroberung Djunas habe er sein früheres Ich – das Ich vor dem Zerfall – wiedergewonnen, denn mit ihr hatte er sein erstes Idealbild einer Frau wiedergewonnen – die Frau, die ihm bis dahin versagt geblieben war und die er in seiner Ehe mit Zora völlig aufgegeben hatte. Zora war das genaue Gegenteil von dem, was er sich erträumt hatte.

Weil er Zora gewählt hatte, die ihn ins Nomadenleben, in Chaos und allmähliche Destruktion führte, mußte er einen langen Umweg machen.

Aber diese neue Liebe bot die Möglichkeit einer neuen Welt, der Welt, die er einmal ange-

strebt und verfehlt hatte, die er mit Zora nicht erreichen konnte.
Manchmal sagte er: »Kaum zu glauben, daß ich noch vor einem Jahr nichts anderes als ein Bohemien war.«
Ohne es zu ahnen, hatte sie an die Triebfedern seiner wahren Natur gerührt: an seinen Stolz, an sein Bedürfnis, Führer zu sein, und an seinen anfänglichen Ehrgeiz, in der Geschichte eine wichtige Rolle zu spielen.
Es gab Zeiten, in denen Djuna glaubte, daß das vergangene Leben ihn nicht vollständig verdorben hatte – denn trotz seiner anarchistischen Tendenzen, seiner Destruktivität besaß er einen menschlichen und reinen Kern –, vielleicht hatte sein chaotischer Lebensweg nur die Quellen in ihm verschüttet und die Kräfte seines Willens versiegen lassen.
Wieviel konnte Liebe erreichen: Vielleicht zog sie das Gift des Versagens und der Bitterkeit, des Verrats und der Demütigung aus seinem Körper. Aber konnte sie eine verschüttete Quelle wieder zum Fließen bringen – verschüttet von den Jahren des Zerfalls und der Kapitulation?
Die Liebe für das Unverdorbene, das Intakte, das elementar Gute im anderen konnte sicher das Klima mildern. Liebe konnte bewirken, daß die Bäume sich zärtlich wiegten, die

Springbrunnen fröhlich sprudelten. Sie konnte Traurigkeit verbannen und alle Anzeichen einer Wiedergeburt hervorrufen ...

Rango war wie die Natur – gut, wild und manchmal grausam. Er besaß alle Stimmungen der Natur: Freude an der Schönheit, Verzagtheit, Gewalttätigkeit und Zärtlichkeit.

Aber die Natur war Chaos.

»Hoch oben in den Bergen«, begann Rango wieder, als wolle er ihr Geschichten aus der Vergangenheit erzählen, die er liebte, aber nie Geschichten einer Vergangenheit, deren er sich schämte, »auf einem Berg, der doppelt so hoch ist wie der Mont Blanc, liegt inmitten schneebedeckter Gipfel ein kleiner See, umgeben von hohen, schwarzen vulkanischen Felsen, die wie polierter Marmor glänzen. Die Indios steigen dort hinauf, um wundersame Bilder zu sehen. Ich sah in diesem See eine tropische Landschaft ... üppige tropische Palmen, Früchte und Blumen. Das bist du für mich – eine Oase. Du berauschst mich, und gleichzeitig gibst du mir Kraft!«

(Die Droge der Liebe verhilft nicht zur Flucht. Denn in ihrer Umarmung schlummern latente Träume von Größe. Sie erwachen, wenn Männer und Frauen sich befruchten. Etwas wird immer geboren, wenn Mann und Frau zusammenliegen und sich die Essenz ihres Lebens schenken. Irgendein Samen wird immer gesät und keimt im Boden der Leidenschaft. Die Wogen des Verlangens sind der Leib, in dem der Mensch geboren wird. Und oft entstehen aus trunkenen Zärtlichkeiten Geschichte, Wissenschaft und Philosophie. Denn eine Frau träumt beim Nähen und Kochen, in der Umarmung, beim Beschützen und Wärmen auch davon, daß der Mann, der sie nimmt, mehr als ein Mann sein wird. Sie träumt, daß er die mythologische Gestalt ihrer Träume sein wird, der Held, der Entdecker, der Baumeister ... Ein Mann wird nur in eine anonyme Hure ungestraft eindringen; denn wo sich die Samen von Mann und Frau vermischen, in dem Blut, das sie sich schenken, finden die gleichen Veränderungen statt wie in den großen Strömen der Erbfolge, die die Charakterzüge vom Vater auf den Sohn und Enkelsohn übertragen – Charakterzüge und physische Merkmale. Die Erinnerungen an Erfahrungen werden von denselben Zellen übertragen, die die Form einer Nase und einer Hand wiederholen, den Ton einer Stimme und die Farbe eines Auges. Diese großen Ströme der Vererbung übertragen Eigenschaften und transportieren Träume von einem Hafen zum anderen bis zur Erfüllung ... sie gebären Ichs, die noch nie geboren wurden ... Kein Mann und keine Frau wissen, was in der Dunkelheit ihrer Vereinigung geboren wird; so vieles entsteht außer Kindern, so viele unsichtbare Geburten finden statt, der Austausch von Seele und Charakter, das Erblühen unbekannter Ichs, das Freilegen verborgener Schätze, begrabener Phantasien ...)

Zwischen Rango und Djuna bestand ein entscheidender Unterschied: Wenn solche Gedanken in Djuna aufstiegen und ihr ins Bewußtsein drangen, konnte Djuna sie Rango nicht mitteilen. Er lachte sie aus. »Das ist mystischer Unsinn«, sagte er.

Wenn Rango an einem Tag voll Energie und mit großem Eifer Holz hackte, das Feuer im Ofen anzündete, Wasser vom Brunnen holte und dabei zufrieden und vergnügt lächelte, hatte Djuna das Gefühl: Es werden wundervolle Dinge geschehen.

Aber am nächsten Tag saß er leichtsinnig lachend im Café. Wenn Djuna ihn dort traf, begegnete sie einem anderen Rango – Rango, der an der Theke stand und betrunken prahlte, der mit zurückgeworfenem Kopf und geschlossenen Augen lachte, der sie vergaß, der Zora vergaß, Politik und Geschichte vergaß, die Miete vergaß und das Einkaufen, Pflichten, Verabredungen, Freunde, Ärzte, Medikamente, Freuden, die Stadt, seine Vergangenheit und seine Zukunft, sein gegenwärtiges Ich ... er lebte in einer vorübergehenden Betäubung, aus der er am nächsten Tag deprimiert, gelähmt, vergiftet vom Zorn über sich selbst erwachte. Dann war er zornig auf die Welt, zornig auf den Himmel, das Boot, die Bücher, zornig auf alles.

Und am dritten Tag erlebte sie wieder einen anderen Rango – einen Heathcliff, wie Djuna sagte, den wilden, unberechenbaren, dunklen Rango, der alles zerstörte. Das war der Tag, der auf seine Zechtouren folgte: eine Auseinandersetzung mit Zora, ein Streit mit dem Wächter. Manchmal kam er zurück, und auf seinem Gesicht sah man die Spuren einer Schlägerei im Café. Seine Hände zitterten, sein Blick war glasig und trüb. Djuna wendete sich vor seinem Atem ab, drehte sich aber wieder um, wenn er mit seiner warmen, tiefen Stimme sagte: »Ich habe Probleme, schwere Probleme ...«

In stürmischen Nächten schlugen die Fensterläden gegen den Schiffsrumpf wie die knochigen Flügel eines riesigen Albatros.

Die kleinen Wellen schwappten heftig gegen die Wand, an der das Bett stand. Und Rango und Djuna hörten das Klatsch, Klatsch, Klatsch an den modrigen Planken.

Die Schritte klangen lauter und bedrohlicher auf dem dunklen Boot, wenn die Holzbalken ächzten und die Regentropfen durch das schad-

hafte Dach fielen. Der Fluß schien zornig und rücksichtslos.
Er schien zornig auf ihre glühenden und schwelenden Zärtlichkeiten, auf die plötzlich veränderte Stimmung, wenn das Boot nicht mehr die Zelle war, in der ein geheimnisvolles neues Leben heranwuchs, nicht mehr ein verzauberter Zufluchtsort, sondern Schauplatz unterdrückter Zornesausbrüche, die wie Dynamit auf die Explosion warteten.
Denn Rangos Zorn und seine Kämpfe mit der Welt verwandelten sich in Gift. Die Welt war an allem schuld. Die Welt war daran schuld, daß Zora in bitterer Armut geboren worden war, als Kind einer geistesgestörten Mutter und eines Vaters, der sie im Stich ließ. Die Welt war an ihrer Unterernährung schuld, an ihrer Krankheit, ihrer frühen Ehe und ihren Problemen. Die Ärzte waren schuld daran, daß sie nicht gesund wurde. Die Zuschauer waren schuld, wenn sie Zoras Tänze nicht verstanden. Der Hausbesitzer hätte ihnen die Miete erlassen sollen. Der Lebensmittelhändler hatte kein Recht, sein Geld zu verlangen. Sie waren arm und hatten Anspruch auf Mitleid.
Die Kette quietschte beim Festbinden und Losbinden des Ruderboots; die winterliche Seine tobte; Selbstmörder sprangen von der Brücke; der alte Wächter klapperte mit den Eimern,

wenn er über den Bootssteg hinkte und die Treppe hinunterhumpelte; das Wasser drang zu schnell in den Laderaum, wenn das Boot nicht ausgepumpt wurde; die Feuchtigkeit nahm zu und überzog Schuhe und Kleider mit Schimmel; durch den löchrigen Boden glitzerte Wasser, als habe der Fluß Augen, und die Stuhlbeine verfingen sich in den Löchern, wie das Bein eines Tieres in der Falle.
Rango sagte: »Meine Mutter bemerkte einmal: Wie kannst du glauben, Klavier spielen zu können? Du hast Hände wie ein Bauer.«
»Nein«, erwiderte Djuna, »deine Hände sind so, wie du bist. Drei Finger sind stark und wild, aber die anderen beiden, die kleinen, sind sensibel und zart. Deine Hand ist genau, wie du bist: in einem dunklen und heftigen Wesen liegt ein zarter Kern. Wenn du Vertrauen hast, bist du zart und sensibel, aber wenn du zweifelst, wirst du gefährlich und destruktiv.«
»Ich habe mich immer auf die Seite der Rebellen gestellt. Eine Zeitlang war ich Polizeichef in meiner Heimatstadt. Ich wurde mit einem Trupp Männer ausgeschickt, um einen Banditen gefangen zu nehmen, der die Dörfer der Indios heimsuchte. Als ich ihm begegnete, wurden wir Freunde. Wir spielten zusammen Karten und tranken die ganze Nacht hindurch.«

»Was hat deinen Glauben an die Liebe zerstört, Rango? Du wurdest nie betrogen.«
»Ich kann mich nicht damit abfinden, daß du jemanden geliebt hast, bevor du mich kanntest.«
Djuna schwieg. Sie hielt die Eifersucht auf die Vergangenheit für unbegründet. Für sie waren die wertvollsten Besitztümer und Zärtlichkeiten in den dunklen Tiefen des Herzens eingelagert. Sie besaßen nicht die Macht, sich wiederzubeleben und in die hellen Räume der Gegenwart einzudringen. Sie lagerten verpackt und verschnürt in Dämmer und Staub. Und wenn ein früherer Freund ein altes Gefühl wieder hervorrief, dann geschah es nur für einen kurzen Moment – flüchtig und schwach wie ein Echo. Die Zeit trägt die unauslöschlichsten Erlebnisse hinweg. Sie verblassen und verstummen auf dem Styx verschwundener Welten. Der Körper besitzt Kernzonen und Randbezirke; und auf geheimnisvolle Weise hält er Eindringlinge in den Randzonen fest. Eine Million Zellen schützen den Kern einer tiefen Liebe vor gespenstischen Invasionen, vor jedem Aufflakkern einer vergangenen Liebe.
Eine intensive und lebendige Gegenwart war der beste Exorzist der Vergangenheit.
Deshalb lachte Djuna jedesmal, wenn Rangos inquisitorische Suche in ihrer Erinnerung begann und er erwartete, einen Eindringling zu

finden, den er dann bekämpfen wollte. »Deine Eifersucht ist Leichenschändung. Du öffnest Gräber!«

»Aber du liebst die Toten sehr! Ich bin sicher, du bringst ihnen jeden Tag Blumen.«

»Ich war heute nicht auf dem Friedhof, Rango!«

»Wenn du hier bist, weiß ich, daß du mir gehörst. Aber sobald du diese kleine Treppe hinaufgehst, das Boot verläßt und mit deinen schnellen, schnellen Schritten davoneilst, betrittst du eine andere Welt und gehörst mir nicht mehr.«

»Aber du betrittst ebenfalls eine andere Welt, Rango. Du gehörst mir dann auch nicht mehr. Du gehörst Zora, deinen Freunden, dem Café und der Politik.«

(Warum ruft er so schnell Verrat? Keine Liebkosung ähnelt je einer anderen. Jeder Liebende hält einen neuen Körper in den Armen, bis er ihn mit seinem Wesen erfüllt hat. Es gibt keine zwei Wesen, die identisch wären, und was man einmal schmeckt, schmeckt man nie wieder ...)

»Ich liebe deine Ohren, Djuna. Sie sind klein und zart. Mein ganzes Leben lang habe ich von solchen Ohren geträumt.«

»Und auf der Suche nach diesen Ohren fandest du mich.«

Er lachte aus vollem Herzen. Er schloß dabei

seine Augen wie eine Katze. Durch das Lachen wirkten seine hohen Backenknochen noch voller, und manchmal sah er wie ein sehr würdiger Löwe aus.

»Ich möchte jemand sein in dieser Welt. Wir leben auf einem Vulkan. Du wirst meine Kraft vielleicht brauchen. Ich möchte für dich sorgen können.«

»Rango, ich verstehe das Leben, das du führst. In dir steckt eine große Kraft. Aber etwas behindert dich, blockiert dich. Was ist es? Diese große, explosive Kraft in dir wird völlig verschwendet. Du gibst vor, gleichgültig, nonchalant und rücksichtslos zu sein. Aber ich spüre, daß du dich innerlich verantwortlich fühlst. Manchmal siehst du aus wie Peter der Große, der eine Stadt auf einem Sumpf baute, die Armen rettete und Schlachten anführte. Warum ertränkst du dein Dynamit im Wein? Warum fürchtest du dich davor, etwas zu erschaffen? Warum legst du dir selbst so viele Hindernisse in den Weg? Du ertränkst deine Stärke, du verschwendest sie. Du solltest etwas Konstruktives tun ...«

Sie küßte ihn forschend und versuchte, ihn zu verstehen. Sie versuchte, den verborgenen Rango zu küssen, damit er zum Vorschein kam, sichtbar und greifbar wurde.

Und dann enthüllte er ihr das Geheimnis und

sprach Worte, bei denen sich ihr Herz zusammenzog: »Es ist nutzlos, Djuna. Zora und ich sind Opfer des Schicksals. Alles, was ich versucht habe, ist fehlgeschlagen. Ich habe kein Glück. Alle haben mir geschadet, angefangen bei meiner Familie ... meine Freunde, alle. Alles hat sich ins Gegenteil verkehrt und ist sinnlos geworden.«

»Rango, ich glaube nicht an das Schicksal. Es gibt eine Charakterstruktur. Du kannst sie erkennen und verändern. Nur Romantiker glauben, wir seien das Opfer eines unabänderlichen Schicksals. Und du verurteilst jeden Romantiker.«

Rango schüttelte heftig und ungeduldig den Kopf. »Du kannst die Natur nicht korrigieren. Man ist einfach, wie man ist. Die Natur läßt sich nicht lenken. Man wird mit einem bestimmten Charakter geboren. Und wenn dieser das Schicksal ist, wie du sagst, kann man doch nichts dagegen tun. Den Charakter kann man nicht ändern!« Er hatte instinktive Eingebungen, aufblitzende Intuitionen. Aber sie waren so flüchtig wie Blitze am Gewitterhimmel, und in der Zwischenzeit war er blind.

Auch die Güte, die manchmal so strahlend in ihm aufleuchtete, war eine Güte ohne Einsicht. Er war sich der Veränderung von Güte zu Zorn nicht einmal bewußt. Und man konnte seinen

heftigen Ausbrüchen nicht mit Vernunft begegnen.
Djuna fürchtete diese Veränderungen. Sein Gesicht war manchmal schön, menschlich und vertraut, dann wieder verzerrt, grausam und bitter.
Sie wollte wissen, was diese Veränderung hervorrief, um das Unheil abzuwenden, das sie bewirkten. Aber er entzog sich allen Bemühungen, ihn zu verstehen.
Sie wünschte, sie hätte ihm nie etwas über ihre Vergangenheit gesagt. Sie erinnerte sich, was sie veranlaßt hatte zu sprechen. Es war am Anfang ihrer Beziehung gewesen. Eines Nachts beugte er sich über sie und flüsterte: »Du bist ein Engel. Ich kann nicht glauben, daß man mit dir wie mit einer Frau schlafen kann.« Und einen Moment lang zögerte er, sie zu umarmen.
Sie wollte ihm sofort das Gegenteil beweisen, seine Behauptung leidenschaftlich leugnen. Sie fürchtete sich davor, für einen Engel gehalten zu werden, wie andere Frauen sich davor fürchten, als Teufel entlarvt zu werden. In ihren Augen stimmte seine Ansicht nicht. In ihr steckte ebensosehr ein Teufel wie in jedem anderen Menschen. Aber sie bezwang ihn unbarmherzig und ließ nicht zu, daß er Schaden anrichtete.

Außerdem fürchtete sie, daß diese Vorstellung von ihr als Engel die Frau verdecken würde, die eine irdische Bindung suchte. Für sie war ein Engel alles andere als eine begehrenswerte Frau im Bett!

Zu sagen: »Ich bin kein Engel, ich bin eine Frau«, war ihre Art, über die Vergangenheit zu sprechen.

»Ein sinnlicher Engel«, stimmte er zu. Aber ihm prägte sich ein, daß sie ihren Impulsen gehorchte; er bemerkte ihre Fähigkeit zu lieben, sich selbst zu schenken, und darauf gründeten sich von nun an seine Zweifel an ihrer Treue.

»Und du bist Vesuv«, sagte sie lachend. »Jedesmal wenn ich davon spreche, daß man begreifen, sich beherrschen und verändern muß, wirst du wütend wie ein grollendes Erdbeben. Du glaubst nicht daran, daß sich das Schicksal beeinflussen läßt.«

»Ein Maya ist kein Mystiker. Er ist Pantheist. Die Erde ist seine Mutter. Für Mutter und Erde hat er nur ein Wort. Wenn ein Indio stirbt, gibt man ihm richtige Nahrung mit ins Grab und bringt ihm auch weiterhin zu essen.«

»Symbolische Nahrung schmeckt nicht so gut wie richtige Nahrung!«

(Als Kind der Erde ist er eifersüchtig und besitzergreifend. Er hat seinen Zorn von der Erde. Seinen mächtigen Körper hat er von der Erde. Seine Knie sind aus Eisen, unglaublich stark vom ständigen Druck gegen die Flanken wilder Pferde. Sein Körper vereinigt in sich jeden Geschmack der Erde: Gewürze, Ingwer, Chutney, Moschus, Piment, Wein, Opium. Er besitzt den glatten Nacken einer Statue, den herrischen Kopf eines Spaniers und auch die Unterwürfigkeit eines Indios. Er besitzt die täppische Anmut eines Tiers. Seine Hände und Füße erinnern an Pfoten. Wenn er eine flüchtende Katze fängt, ist er schneller als sie. Er kauert sich wie ein Indio auf den Boden und läuft geschmeidig mit seinen kraftvollen Beinen. Mir gefällt, wie sich seine hohen Backenknochen beim Lachen heben. Wenn er schläft, sieht man seine langen, dichten schwarzen Wimpern, die schön sind wie die einer Frau. Die Nase ist rund und lustig; mit Ausnahme des Mundes ist alles an ihm kraftvoll und sinnlich. Sein Mund ist klein und ängstlich).

Djuna glaubte, sein Feuer und seine Stärke würden einst wie ein Vulkan ausbrechen und ihm und ihr Freiheit schenken. Sie glaubte, das Feuer in ihm würde alle Ketten schmelzen, die ihn fesselten. Aber auch das Feuer muß ein Ziel haben. Sein Feuer war blind. Doch Djuna war nicht blind. Sie würde ihm helfen.

Trotz seiner Kraft war er hilflos, gefesselt und verstrickt. Er konnte einen Raum in Flammen aufgehen lassen und zerstören, aber aufbauen konnte er noch nichts. Er war blind und gefesselt wie die Natur. Was er in Händen hielt, konnte er mit seiner Kraft zerbrechen; aber er konnte diese Kraft nicht bemessen; er konnte nichts aufbauen. Das innere Chaos war die Kette, die seinen Körper umschlang. Er war überzeugt, daß man als Sklave der eigenen Natur geboren und durch die eigenen, blinden Impulse unentrinnbar in Destruktivität getrieben wurde.

»Jeden Tag eine Revolution.«

»Warum, Rango?«

»Ich liebe Gewalt. Ich möchte mit meinem Körper Idealen dienen.«

»Tag für Tag sterben Männer für Ideale, von denen sie verraten werden, für Führer, von denen sie verraten werden. Sie sterben für falsche Ideale.«

»Aber auch die Liebe begeht Verrat«, erwiderte Rango. »Ich habe kein Vertrauen in sie.«

(Oh Gott, dachte Djuna, werde ich die Kraft haben, den Kampf gegen diese Zerstörungskraft zu gewinnen, diesen persönlichen Kampf um die Liebe eines Menschen?)

»Ich brauche Freiheit«, sagte Rango, »wie ein wildes Pferd die Freiheit braucht. Ich kann mich nicht an etwas ketten. Ich kann keine Disziplin akzeptieren. Disziplin entmutigt mich.«

Selbst im Schlaf war sein Körper ruhelos, schwer und fiebrig. Er warf alle Decken von sich, lag nackt im Bett, und morgens glich es einem Schlachtfeld. Er mußte so viele Kämpfe in seinen Träumen bestehen; selbst im Schlaf fand er keine Ruhe.
Chaos umgab ihn; seine Kleider waren immer zerrissen, seine Bücher fleckig, und er verlor seine Ausweispapiere. Seine persönliche Habe, an die er sich manchmal erinnerte, wenn er Djuna etwas zeigen wollte, was er vermißte, war über die ganze Welt verstreut, lag in den Kellern von Pensionen als Pfand für unbezahlte Mieten.
Alle kleinen Flammen brannten gleichzeitig in ihm, nur nicht die Flamme der Weisheit, die Flamme des Heiligen Geistes.

Es stimmte Djuna traurig, daß es Rango drängte, in den Krieg zu ziehen, für seine Ideale zu kämpfen, für sie zu sterben. Ihr schien, als sei er wie eine Frau bereit, für emotionale Irrtümer zu leben und zu sterben; aber wie die meisten Männer wußte er nicht, daß es emotionale Irrtümer waren. Er nannte sie Geschichte, Philosophie, Metaphysik, Wissenschaft. Ihr weibliches Ich war traurig und lächelte gleichzeitig über dieses Spiel, persönliche und emotionale Überzeugungen mit der Würde abstrakter Na-

men auszustatten. Sie lächelte darüber, wie Männer über Frauen lächeln, die persönlichen Tragödien einen so hohen Stellenwert beimessen, wie er nach Ansicht der Männer unmöglich einem einzelnen Leben zukommen kann. Rango ergriff Partei für Krieg und Revolutionen; Djuna ergriff Partei für Rango. Sie ergriff Partei für die Liebe.
Parteien änderten sich von Tag zu Tag, Philosophien und Wissenschaften änderten sich; nur die Liebe änderte sich für Djuna nicht. Auf den Landkarten der Welt kam es zu großen Veränderungen, nicht aber im Verlangen nach Liebe – es änderte sich nichts an dieser Tragödie der Liebe, die zwischen Illusion und Leben hin- und herschwankte, die manchmal auf dem gefährlichen Weg zwischen Illusion und Leben Schaden nahm, manchmal sogar völlig zerbrach. Aber die Liebe selbst war so beständig wie das Leben.
Djuna lächelte über den starken Drang des Mannes, Städte zu erbauen, obwohl es soviel schwieriger war, Beziehungen aufzubauen. Sie lächelte über seinen Drang, Länder zu erobern, wo es soviel schwieriger war, ein Herz zu erobern, ein Kind zufriedenzustellen, ein vollkommenes, dem Menschen angemessenes Leben zu führen. Der Mann hatte das Bedürfnis zu erfinden, in den Raum vorzudringen, und

doch war es soviel schwieriger, den Abstand zwischen Menschen zu überwinden. Dem Mann war es wichtig, philosophische Systeme zu erdenken, und doch war es soviel schwieriger, einen Menschen zu verstehen, denn die Tiefen des menschlichen Wesens waren erst halb ausgelotet.
»Ich muß in den Krieg«, sagte Rango. »Ich muß handeln. Ich muß einer Sache dienen.«

Rango gab ihr das Gefühl, im Leben Gesten, Szenen und Stimmungen zu reproduzieren, die in ihrer Erinnerung bereits aufgezeichnet waren. Wo hatte sie Rango schon einmal auf dem Pferderücken gesehen, mit weißen Pelzstiefeln, in Pelzen und einer Cordhose? Rango mit den brennenden Augen, dem düsteren Gesicht und den wilden schwarzen Haaren?
Wo hatte sie Rangos leidenschaftlich anbetendes Gesicht schon einmal gesehen, verzückt wie das Gesicht eines Mannes, der die Kommunion erhält und dem die profane Oblate auf der Zunge liegt?
Wenn er neben ihr lag, schien es sich um eine dieser Erinnerungen zu handeln, die bei Reisen in fremden Ländern in einem aufsteigen und nichts mit dem Bewußtsein zu tun haben. Man nimmt auf Schritt und Tritt Vertrautes wahr und hat schon ein genaues Wissen um die Sze-

ne, die einen an der nächsten Straßenecke erwartet.
Persönliche Erinnerung, kollektive Erinnerung, der Einfluß von Geschichten, Märchen, Legenden und Balladen, die man in der Kindheit gehört hat?
Rango kam aus dem Spanien des sechzehnten Jahrhunderts, aus dem Spanien der Troubadoure. Dort herrschten Strenge, starre Formen; die Kirche dominierte; die Frauen wurden in klösterlicher Einsamkeit gehalten; katholische Zeremonien entfalteten ihre ganze Pracht, und unter der Oberfläche schoß ein gewaltiger, verborgener und aufgewühlter Strom der Sinnlichkeit dahin. Er entzog sich jeder Kontrolle und war nur an der Zurschaustellung von Schuld und Sühne erkennbar, wie man sie auch bei allen anderen Völkern beobachtet.
Rango erschuf für Djuna von neuem ein naturhaftes Paradies aus Fleisch und Blut. Es unterschied sich sehr von den künstlichen Paradiesen, die sich Kinder in der Stadt erschaffen. Djuna hatte ihre Kindheit in den Städten verbracht, nicht in den Wäldern; sie hatte sich mit eigener Phantasie, mit eigener Sprache Paradiese geschaffen. Sie lagen außerhalb und jenseits dieses Lebens, und Djuna schuf sie wie bestimmte Vögel, die ihr Nest in den unzugänglichen Zweigen eines Baumes bauen, wo kein

Unglück sie erreichen kann. Aber dort sind Nester auch schwer instandzuhalten.

Rangos Paradies war das kunstlose Paradies eines Lebens im Wald, in den Bergen und an Seen, mit Luftspiegelungen, fremdartigen Tieren, fremden Blumen und Bäumen. Alles in seinem Paradies war warm und zugänglich.

Djuna war ein Kind der Stadt, und deshalb war ihr Paradies der Kindheit aus Märchen, Legenden und Sagen geboren und verschleierte Häßlichkeit, enge Räume und graue Hinterhöfe.

Für Rango bestand keine Notwendigkeit, etwas zu erfinden. Ihm hatten Berge von legendärer Schönheit gehört, Seen von gewaltigem Ausmaß, exotische Tiere und ein wunderschönes Haus. Er erlebte Feste, Lustbarkeiten und Orgien, die tagelang, eine Woche lang dauerten. Er zog seine Ekstasen aus der reinen dünnen Luft der Höhen, seinen Drogenrausch aus religiösen Zeremonien, seine körperlichen Genüsse aus Kämpfen, seine Poesie aus der Einsamkeit, seine Musik aus den Tänzen der Indios, und seine Phantasie wurde von den Geschichten genährt, die ihm seine Indioamme erzählte.

Um die Frau, der seine erste Liebe galt, zu sehen, mußte er die ganze Nacht über reiten, über eine Mauer klettern, den Zorn ihrer Mutter und den möglichen Tod von der Hand ihres

Vaters riskieren. All das stand im *Romancero!* Das Paradies ihrer Kindheit lag in der Bibliothek unter einem Tisch mit einer roten Tischdecke, deren Fransen bis auf den Boden reichten. Das war ihr Haus, und dort las sie verbotene Bücher aus der riesigen Bibliothek ihres Vaters. Man hatte ihr ein kleines Stück Wachstuch gegeben, und bevor sie ihr Zelt unter dem Tisch, den Iglu, die afrikanische Erdhütte, dieses Reich der Geheimnisse betrat, wischte sie sich damit sorgfältig die Schuhe ab.

Das Paradies ihrer Kindheit lag in Büchern.

Das Haus, in dem sie als Kind gelebt hatte, war das Haus des Geistes, der nicht blind lebt, sondern aus leidenschaftlicher Erfahrung das Herz mit den vier Kammern unablässig ausbaut und ausschmückt, um den Reichtum des Körpers zu erweitern und zu vergrößern. Er baute es aus, wobei sich viele subtile Ähnlichkeiten ergaben, zwischen dem Herzen und den Türen und Fluren, den Lichtern und Schatten ihrer sichtbaren Wohnung. Schließlich war sie völlig darin eingesponnen – das Äußere spiegelte das Innere vollständig wider, und zwischen Außen und Innen gab es keinen Unterschied mehr.

(Ich kämpfe gegen eine dunkle Kraft in Rango; ich liebe die Natur in ihm und durch ihn, und doch kämpfe ich gegen das Zerstörerische der Natur. Wenn mein Leben in einem Himmel der Leidenschaft seinen Höhepunkt erreicht, schwebt es höchst gefährlich über einem Abgrund. Je höher ich in den Traum, in das Wesen aufsteigen möchte, um die Wölbung des Himmels zu berühren, desto enger legt sich die Schlinge der Realität um meinen Hals. Werde ich zerbrechen bei dem Versuch, Rango zu retten? Vor Erschöpfung des Herzens und des Körpers ... Hin und wieder sehe und spüre ich die Feuchtigkeit, die Armut, die kranke Zora, Essen auf dem Tisch mit Weinflecken, Zigarettenasche und Brotkrümeln früherer Mahlzeiten. Nur gelegentlich bemerke ich den rostigen Ofen in unserem Heim, die undichte Stelle im Dach, die Regentropfen auf dem Teppich, sehe, daß das Feuer ausgegangen ist, und rieche den sauren Wein in einer Tasse. Und so steige ich durch Falltüren nach unten, ohne in die Falle zu geraten, aber wissend, daß es einen anderen Rango gibt, den ich nicht sehen kann; einen Rango, der mit Zora zusammenlebt und der erwartet, im richtigen Licht zu erscheinen. Ich fürchte mich, fürchte mich vor dem Schmerz ... Jetzt verstehe ich, warum ich Paul geliebt habe ... denn er fürchtete sich. Wenn wir zusammenlagen und uns liebten, liebten wir genau diese Furcht und verstanden sie unter der Decke – die Furcht vor Gewalt. Wir erkannten sie in der Dunkelheit mit unseren

Händen und unseren Mündern. Wir berührten sie, und sie bewegte uns. Denn sie war unser Geheimnis, das wir auf dem Weg über den Körper teilten. Alle sagen: Du mußt Partei ergreifen; eine politische Richtung wählen, dich für eine Philosophie entscheiden, für ein Dogma ... Ich wählte den Traum von der Liebe. Alles, mit dem ich mich verbünde, steht meiner Liebe nahe. Mit ihrer Hilfe hoffe ich, Tragödien zu besiegen und die Gewalt zu besiegen. Ich tanze, ich nähe, ich stopfe und koche, damit dieser Traum überlebt. In diesem Traum stirbt niemand, ist niemand krank, trennt sich niemand. Ich liebe und tanze unter den ausgebreiteten Schwingen meines Traums; ich vertraue der Dunkelheit, ich vertraue dem Labyrinth und stürze mich in den Feuerofen der Liebe. Manche sagen: Der Traum ist eine Flucht. Manche sagen: Der Traum ist Wahnsinn. Manche sagen: Der Traum ist eine Krankheit. Er wird dich verraten. Der Rango, den ich sehe, ist nicht der Rango, den Zora oder die Welt sieht. Darauf beruht die Zauberkraft der Liebe. Du kannst Partei für eine Religion ergreifen; du kannst Partei für ein System ergreifen: immer werden andere bei dir sein; du bist nicht allein. Aber wenn du die Partei der Liebe ergreifst, wenn du dich für das Opium der Liebe entscheidest, bist du allein. Die Ärzte sagen, dieser

Traum sei ein Symptom, und Psychologen sprechen von Flucht. Die Philosophen nennen ihn eine Droge, und selbst dein Geliebter begleitet dich nicht auf der gefährlichen Reise ... Hisse deinen Traum von der Liebe am Mast der Barke der Zärtlichkeiten ... eine Flagge aus Feuer ...)
Rango irrte, wenn er glaubte, der Feind sei draußen.
Er wollte unbedingt vermeiden, daß Djuna sich an die Zeit mit Paul erinnerte oder Pauls Rückkehr wünschte oder sich nach Pauls Gegenwart sehnte. Aber er hätte vor allem das Gefühl vermeiden sollen, das er durch seine Heftigkeit hervorrief. Denn seine Heftigkeit entfremdete sie ihm. Seine zornigen Worte hinterließen in ihr das Gefühl der Zerstörung; seine verdrehten Interpretationen ihres Tuns und seine Zweifel verursachten ihr solche Angst, daß sie manchmal der Spannung entfliehen wollte. Sie suchte Frieden und Zärtlichkeit wie ein Kind, und dann erinnerte sie sich an Paul ...

Dann beging Rango einen zweiten Fehler: Er wollte, daß Djuna und Zora Freundinnen wurden.
Djuna wußte nicht, ob er hoffte, sein zerrissenes und gespaltenes Leben würde dadurch zu einer Einheit finden. Sie wußte nicht, ob er nur an sich dachte, ob er seine Last mit Djuna teilen

wollte oder ob er solches Vertrauen in Djunas Kraft, Menschen zu erschaffen, setzte, daß er hoffte, sie könne Zora heilen, vielleicht sogar ihre Zuneigung gewinnen, und so der Spannung ein Ende zu machen, die er empfand, wenn er nach Hause zurückkehrte.

Die dunklen und labyrinthischen Pfade von Rangos Denken blieben Djuna immer ein Geheimnis. In seinem Wesen gab es Verzerrungen und Brüche, die sie nicht ergründen konnte. Das lag nicht nur daran, daß er selbst nie wußte, was in ihm vorging, auch nicht nur daran, daß er voller Verwirrungen und Widersprüche steckte, sondern vor allem daran, daß er sich gegen jede Untersuchung, Erforschung oder Infragestellung seiner Motive wehrte und auflehnte.

Es kam der Tag, an dem er sagte: »Ich würde mich freuen, wenn du Zora besuchen würdest. Sie ist sehr krank, und vielleicht kannst du ihr helfen.«

Bis zu diesem Zeitpunkt hatte er Zora kaum je erwähnt. Djuna hatte gelegentliche Worte Rangos im Gedächtnis behalten: Rango hatte Zora als Siebzehnjähriger geheiratet. Sechs Jahre, bevor er Djuna kennenlernte, hatten sie begonnen, als »Bruder und Schwester« zusammenzuleben – ohne körperliche Bindung. Zora war ständig krank, und Rango empfand großes

Mitleid für ihre Hilflosigkeit. Djuna wußte nicht, ob mehr als Mitleid, mehr als die Vergangenheit die beiden verband.
Djuna wußte, daß Rangos Appell an ihr gutes Ich gerichtet war. Um ihm zu folgen, mußte sie den Wunsch unterdrücken, nicht in Rangos und Zoras Leben verwickelt zu werden und einer Beziehung aus dem Weg zu gehen, die ihr nur Leid bringen konnte. Sie wurde aufgefordert, eine bestimmte Seite ihres Wesens ins Spiel zu bringen, wie man jemand bittet, ein bestimmtes Kleid aus seiner umfangreichen Garderobe zu tragen.
Rango forderte sie auf, ihr gutes Ich zu bringen, an das er fest glaubte. Und doch lehnte sie sich gegen dieses gute Ich auf, an das allzuoft appelliert, das allzuoft zum Schaden der anderen Ichs aufgerufen wurde, die dadurch als zahllose Mauerblümchen verkümmerten: eine Djuna, die lachen wollte, eine Djuna, die sorglos sein wollte, Djuna, die einen Geliebten für sich allein besitzen wollte, die sich ein ausgeglichenes Leben wünschte und keine Probleme mehr haben wollte.
Insgeheim hatte sie oft von ihren anderen Ichs geträumt – dem ungezähmten, dem freien, dem natürlichen, dem kapriziösen, dem launischen, dem mutwilligen Ich. Die ständige Forderung nach dem guten Ich jedoch ließ die anderen verkümmern.

Aber manche Bitten sind wie Befehle.
Es gibt Welten, die geprägt sind von einer Aristokratie des Geistes und der Empfindung, die nichts mit konventioneller Moral gemein hat. Sie stellen bestimmte Handlungen unter das Zeichen von Noblesse oblige, das heißt, sie fordern Treue gegenüber den besten Eigenschaften einer Persönlichkeit, eine Art Leben auf den Gipfeln, die Hingabe an das idealisierte Ich. Künstler, die sich über die Konventionen hinwegsetzen, verschreiben sich diesem Kodex und wissen um Trauer und Schuldgefühle, die aus dem Versagen gegenüber den freiwillig gewählten Maßstäben resultieren. Alle leiden manchmal unter dem Bewußtsein einer Schuld, die der religiösen, moralischen, der bürgerlichen Schuld gleicht, obwohl sie in Opposition zu bürgerlichen Normen stehen. Sie leiden unter der unsühnbaren Schuld des Idealisten, der umsonst versucht, ein Bild von sich zu verwirklichen, auf das er stolz sein kann.
So haben sie lediglich Bruderschaften, Pflichten, kollektive Tabus anderer Art geschaffen, denen sie unter größten persönlichen Opfern anhängen.
Djuna wußte nicht, wieso dieses gute Ich in ihr eine solche Bedeutung erlangt hatte. Sie wußte nicht, wie es überhaupt entstanden war; sie

glaubte, es sei ihr aufgedrängt worden; sie hatte es nicht freiwillig angenommen. Sie hielt sich selbst für sehr viel weniger gut, als andere sie sahen. Und so entstand in ihr das Gefühl des Verrats, der Täuschung anderer.
Sie hatte nicht den Mut zu sagen: »Ich möchte Zora lieber nicht sehen; ich möchte dein anderes Leben lieber nicht kennenlernen. Ich möchte mir lieber die Illusion erhalten, deine Liebe allein zu besitzen.«
Sie erinnerte sich, daß sie in der Kindheit gefährliche Spiele gespielt hatte. Sie suchte Abenteuer und Gefahren. Sie baute Papierflügel und stürzte sich damit aus einem Fenster im zweiten Stockwerk; wie durch ein Wunder erlitt sie keine Verletzungen. In Scharaden und Spielen wollte sie nicht die liebenswürdige und sanfte Heldin sein, sondern die dunkle intrigenschmiedende Königin. Sie zog Katharina von Medici den farblosen und unschuldigen Prinzessinnen vor.
Oft verstrickte sie sich in ihrer Auflehnung, ihren zerstörerischen Zornesausbrüchen und Lügen.
Aber ihre Eltern wiederholten unverdrossen: Du mußt gut sein. Du mußt dein Kleid sauberhalten. Du mußt freundlich sein. Du mußt dich bei der Dame bedanken. Zeige deinen Schmerz nicht, wenn du hingefallen bist. Greife nicht

nach allem, was du willst. Lenke nicht die Aufmerksamkeit auf dich. Sei nicht eitel, weil du eine Schleife im Haar hast. Halte dich zurück; sei still und bescheiden. Gib deinen Brüdern das Spielzeug, das sie wünschen. Mäßige deinen Zorn. Rede nicht zuviel. Erfinde keine Geschichten. *Sei gut oder du wirst nicht geliebt.* Und wenn sie irgendeines dieser Gebote übertreten hatte, wendeten sich die Eltern von ihr ab, und ihr wurde der Gutenacht- oder der Gutenmorgenkuß verweigert, der für ihr Glück so entscheidend war. Ihre Mutter setzte diese Verlustdrohungen in Spiele um, die dem Kind Djuna wie Tragödien erschienen. Einmal schwamm sie vor Djunas angstvollen Augen in einem See und gab vor, zu verschwinden, zu ertrinken. Als die Mutter wieder auftauchte, war Djuna völlig verzweifelt. Als Djuna sechs Jahre alt war, versteckte sich die Mutter einmal in einer riesigen Bahnhofshalle hinter einer Säule. Djuna stand verloren und allein in der Menge; und wieder weinte sie wie von Sinnen. Solche Drohungen hatten das gute Ich geschaffen: Es war eine künstliche Blüte. In diesem Treibhaus der Angst erblühte das Gute nur, weil es der einzig bekannte Weg war, um Liebe zu erhalten und zu behalten.

Es gab andere Ichs, die Djuna stärker interessierten; aber sie lernte, sie zu verbergen oder zu un-

terdrücken: das erfinderisch-phantasievolle Ich, das Geschichten liebte, das jähzornige Ich, das wie Feuer aufloderte; das temperamentvolle Ich; das Ich der Lügen, die keine Lügen waren, sondern die Wirklichkeit verbesserten.
Sie liebte drastische Worte, die wie Ingwer auf den Lippen brannten. Aber die Eltern sagten: »Von dir haben wir das nicht erwartet. Nicht von dir.« Und sie ernannten sie zur Hüterin ihrer Brüder; verlangten von Djuna, darauf zu achten, daß die Brüder ihre Gebote befolgten. Auch Rango hatte sie zu seiner Hüterin ernannt, die ihn vor dem Untergang bewahren sollte.
So lernte sie, den einzigen Trost zu finden, der ihr blieb.
Sie lernte, die Balance zwischen Verbrechen und Strafe zu halten. Sie stellte sich mit dem Gesicht zur Wand und murmelte: »Verdammt bist du! Verdammt! Verdammt! Verdammt!« so oft es ihr gefiel; so bestrafte sie sich und fühlte sich gleichzeitig losgesprochen, ohne Zeit an Reue zu verschwenden.
Und heute konnte dieses gute Ich nicht mehr einfach abgelegt werden. Es lebte zwanghaft fort; es hatte seinen Ruf und seine Anhänger. Jedesmal wenn sie sich seiner Herrschaft beugte, vermehrten sich ihre Pflichten, denn es tauchten neue Anhänger auf und forderten ständige Zuwendung.

Wenn Rango sie heute bat, sich um Zora zu kümmern, tat er das, weil er gehört hatte und wußte, daß sie sich in der Vergangenheit vieler Menschen angenommen hatte.
Dieses unzerstörbare gute Ich; dieses falsche und ermüdende Ich reagierte auf Bitten: Djuna, ich brauche dich! Djuna, tröste mich! Djuna, du linderst Schmerzen! (Warum hatte sie Heilkunst erlernt, kannte sie alle Mittel gegen den Schmerz?) Djuna, wo ist dein Zauberstab? Djuna, wir bringen dich zu Rango – nicht zu dem Rango mit der fröhlichen Gitarre und den lustigen Liedern, sondern zu Rango, dem Ehemann einer ständig kranken Frau. Es wird dir das Herz brechen, Djuna mit dem zerbrechlichen Herzen; dein Herz wird mit dem Klang einer Äolsharfe zerspringen, und die Splitter werden schimmern. Dort wo sie zu Boden fallen, werden augenblicklich neue Herzen wachsen, und so ist es zum Vorteil vieler Saaten zerbrechlicher Herzen, daß dein Herz oft zerspringt. Der Künstler ist wie ein frommer Mensch: Er glaubt auch, daß der Verzicht auf weltlichen Besitz, daß Schmerz und Leid etwas Vollkommenes hervorbringen. Allerdings will er nicht das Heilige, sondern Kunst hervorbringen, das Wunderbare gebären.
(Das Gute ist eine Rolle, die mir Fesseln anlegt; es ist ein Kostüm, das ich nicht länger tragen

kann. Es gibt andere Ichs, die geboren werden wollen, die zumindest Anhörung fordern!)
Die Vergangenheit hat deine Entscheidung beeinflußt, Djuna. Du hast die Fähigkeit bewiesen, Schmerzen zu mildern, deshalb wirst du nicht zu den Festen eingeladen.
Der Zugriff vergangener Rollen ist unwiderruflich, und eine Umkehr ist nicht möglich.
Es gibt zu viele Zeugen früheren Mitleids, früherer Entsagungen; sie wären schockiert, wenn sich dein Charakter änderte, und würden deine alten Schuldgefühle wieder erwecken. Das Gesicht zur Wand! Dieses Mal, damit Rango nicht die Auflehnung in deinem Gesicht sieht. Rangos Frau ist sterbenskrank, und du mußt ihr Linderung bringen.
Aber Djuna machte eine wichtige Entdeckung. Diese Bindung an Rango, die Geduld mit seinem aufbrausenden Wesen, diese stillschweigende Verbrüderung ihrer Sanftheit mit seiner Härte, das Zusammenwirken von Licht und Schatten, die Verantwortung, die sie für Rango empfand, der Zwang, ihn aus den Folgen seines blinden Zorns zu erretten – diese Bindung an Rango bestand, weil er für sie das Ich auslebte, das sie in der Kindheit begraben hatte. Er lebte alles aus, was sie sich verweigert und was sie unterdrückt hatte: Chaos, Unordnung, Launenhaftigkeit, Destruktivität.

Das war der Grund für ihre Nachsicht, über die sich alle wunderten (wie konnte sie seine Eifersucht, seine Zornesausbrüche ertragen?). Er zerstörte, was sie erschaffen hatte, und so mußte sie Tag für Tag von neuem beginnen: verstehen, ordnen, wieder aufbauen, aussöhnen.

Sie erduldete all diese Schwierigkeiten, die Rango in seiner Blindheit verursachte, weil Rango *unkontrollierte Natur* war. Seit dem Tag, an dem sie ihre eigene Trägheit, ihre Eifersucht, ihr Chaos begraben hatte, warteten diese verkümmerten Ichs auf Befreiung. Durch Rangos Taten begannen sie wieder zu atmen. Wegen dieser Komplizenschaft, die im Dunkeln lag, mußte sie seine Eigenschaften ertragen.

Es gab einen Bereich in ihrem Leben, den sie versucht hatte auszuklammern: Dunkelheit, Konfusion, Gewalt, Destruktion. Durch ihre Beziehung zu Rango brach er insgeheim wieder auf. Die Last dieses Bereichs lag auf seinen Schultern. Deshalb mußte sie auch die Qualen mit ihm teilen. Sie hatte ihr natürliches Ich nicht ausgelöscht; es behauptete sich von neuem in Rango. Djuna war seine Komplizin.

Der Rango, der ihr mit düsterem Gesicht die Tür seiner Wohnung öffnete, die tiefer als die Straße lag, war nicht der fröhliche, unbekümmerte Gitarrist, den sie auf einer Party kennengelernt hatte. Er war auch nicht der leidenschaftliche Rango der Nächte auf dem Boot; nicht der schillernde Rango der Cafés, der ironische Anekdotenerzähler, der wagemutige Abenteurer. Vor ihr stand ein Rango, den sie nicht kannte.

In dem dunklen Flur wirkte sein Körper wie ein Scherenschnitt: die hohe Stirn, die langen Haare, seine aristokratische, edle Verbeugung. er verbeugte sich nämlich in dem engen Flur so würdevoll, als sei diese höhlenhafte Behausung sein Schloß und er der Schloßherr und sie eine hochgestellte Besucherin. Er tauchte stolzer, größer, auch schweigender aus dieser Armut und Kargheit auf, denn er hatte sie selbst gewählt. Wäre er kein Rebell gewesen, hätte er sie am prächtigen Eingang seiner Hazienda begrüßen können.

Sie stiegen die Stufen in die Dunkelheit hinunter. Ihre Hand berührte zögernd die Wand, um Halt zu finden. Aber die Wand war so rauh und schien so klebrig zu sein, daß sie die Hand sofort zurückzog. Rango sagte erklärend: »Wir hatten hier ein Feuer. Ich setzte die Wohnung in Brand, als ich einmal mit der brennenden Zigarette in der Hand einschlief. Der Hausbesitzer läßt den Schaden nicht beheben, weil wir seit sechs Monaten keine Miete bezahlt haben.«

Aus dem Zimmer drang schwach ein feuchter

Geruch nach oben – der vertraute Geruch aller billigen Wohnungen in Paris. Er bestand aus Küchendunst und dem übelriechenden Atem, den die uralte Stadt durch die Keller ausstieß; es war der Geruch von Stockflecken, von Kleidern, die nicht oft genug gewaschen wurden, von Gardinen, auf denen Schimmel lag.
Djuna ging nur zögernd vorwärts, bis sie die Oberlichter über ihrem Kopf sah; aber sie waren rußbedeckt, und nur ein trübes, kaltes Licht fiel nach unten.
Rango trat zur Seite, und Djuna sah Zora im Bett.
Die ungekämmten schwarzen Haare fielen wirr auf pergamentfarbene Haut. Sie hatte kein indianisches Blut, und ihr Gesicht war beinahe das genaue Gegenteil von Rangos Gesicht. Sie hatte schwere , ausgeprägte Züge, einen großen Mund mit vollen Lippen, die von Trauer und Resignation bitter herabgezogen waren. Der Eindruck der Müdigkeit änderte sich nur, wenn sie die Augen öffnete. Aus ihnen sprach ein unerwarteter Scharfsinn, der Rango fehlte.
Sie trug ein Hemd von Rango und darüber einen schwarz gefärbten Morgenmantel. Am Hals und an den Handgelenken sah man das rotschwarz karierte Hemd. Der Morgenmantel war schwarz gefärbt, aber gelbe Streifen schimmerten noch durch das Schwarz.

Sie trug ein Paar von Rangos großen Socken, die an den Zehen mit Watte ausgestopft waren. Im Verhältnis zu dem zierlichen Körper wirkten ihre Füße übergroß wie Clownsfüße.
Sie hielt die Schultern leicht gebeugt und lächelte wie eine Bucklige, wie ein Krüppel. Durch die gebeugten Schultern wirkte sie zusammengesunken, als habe sie sich kleiner gemacht, um weniger Raum in Anspruch zu nehmen. Es war die gebeugte Haltung der Angst. Djuna dachte, daß Zora selbst vor ihrer Krankheit nicht hübsch gewesen sein konnte. Aber ihr starker Charakter mußte anziehend gewirkt haben. Und doch wirkten ihre Hände kindlich und hielten nichts fest. Ihr Mund verriet ebenfalls mangelnde Kontrolle. Auch ihre Stimme klang kindlich.
Das Zimmer lag jetzt im Halbdunkel, und die Petroleumlampe, die Rango brachte, warf lange Schatten.
Im Raum hing ein feuchter Dunst. Er war wie der Atem der Toten. Er ließ die Wände weinen und löste die Tapeten in langen, welken Streifen. Durch die Mauern sickerte der Schweiß tristen Lebens vieler Jahrhunderte, die Dumpfheit von Wurzeln und Friedhöfen und die Säfte von Agonie und Tod. Sie standen im Einklang mit Zoras Haut, aus der Glanz und Leben gewichen waren.

Zoras Lächeln und ihre traurige Stimme rührten Djuna. Zora sagte: »Vor ein paar Tagen ging ich in die Kirche und betete verzweifelt darum, daß uns jemand retten würde, und heute bist du hier. Rango ist immer nur konfus und tut nichts.« Dann wendete sie sich an Rango: »Gib mir meine Nähsachen«.
Rango brachte ihr eine blecherne Keksdose, in der Nadeln, Garnrollen und Knöpfe in Medikamentenschachteln lagen, die noch die Aufschriften: Injektionen, Tropfen, Tabletten trugen.
Zora griff nach einem Stück Stoff, das aussah wie ein Lappen. Ihre kleinen Hände glätteten mechanisch den Stoff. Aber je mehr sie versuchte, ihn glatt zu streichen, desto mehr schien er unter ihren Händen zu welken, als sei ihre Berührung zu angstvoll, zu bedrückend, als hülle sie die Gegenstände in einen ersterbenden, zersetzenden Atem, der von ihrem kranken Körper ausging.
Und als sie zu nähen begann, nähte sie mit kleinen Stichen, die sich überkreuzten. Mit diesen winzigen Stichen schien sie dem Stoff den letzten Hauch von Farbe und Leben abzuschnüren. Sie nähte, als wolle sie ihn ersticken.
Während sie sich unterhielten, nähte sie das angefangene quadratische Stück zu Ende. Dann sah Djuna, daß sie alles wieder auftrennte und

ruhig von neuem zu nähen begann. »Ich weiß nicht, Djuna, ob Rango es dir gesagt hat, aber Rango und ich...wir sind wie Bruder und Schwester. Unsere körperliche Beziehung endete ...vor vielen Jahren. Sie war nie sehr wichtig. Ich wußte, daß er früher oder später eine andere Frau lieben würde. Und ich bin glücklich, daß du es bist. Du bist freundlich und wirst ihn mir nicht nehmen. Ich brauche ihn.«

»Ich hoffe, wir können...freundlich zueinander sein, Zora. Es ist eine schwierige Situation, in der wir uns befinden.«

»Rango sagte mir, daß du nicht verlangst, ja noch nicht einmal davon sprichst, er solle mich verlassen. Wie könnte ich dich also nicht mögen? Du hast mir das Leben gerettet. Als du Rango kennengelernt hast, wäre ich beinahe vor Hunger und mangelnder Pflege gestorben. Ich liebe Rango nicht als Mann. Für mich ist er ein Kind. Er hat mir soviel angetan. Er will immer nur trinken, reden und mit Freunden zusammensein. Ich bin froh, wenn du ihn liebst, denn du bist eine gute Frau mit vielen guten Eigenschaften.«

»Du bist sehr großzügig, Zora.«

Zora beugte sich vor und flüsterte: »Rango ist verrückt, weißt du. Dir kommt es vielleicht nicht so vor, weil er sich auf dich stützt. Aber wenn es dich nicht gäbe, würde ich auf der Straße sitzen ... ohne ein Dach über dem Kopf. Wir hatten oft kein Dach über dem Kopf. Ich saß schon mit meinen Koffern am Straßenrand. Rango zuckte nur hilflos mit den Schultern und wußte nicht, was er tun sollte. Er läßt das Schrecklichste geschehen und sagt dann: ›Schicksal!‹ Mit seiner Zigarette hat er unsere Wohnung in Brand gesteckt und verbrannte beinahe selbst.«

Am Fußende des Bettes lag ein Buch. Djuna schlug es auf, während Zora sorgfältig jeden Stich wieder auftrennte, den sie zuvor genäht hatte.

»Es ist ein Buch über Krankheiten«, sagte Zora, »ich lese gerne über Krankheiten. Ich gehe in die Bibliothek und schlage unter meinen Symptomen nach. Ich habe in dem Buch alles angestrichen, was auf mich zutrifft. Sieh dir nur diese vielen Striche an. Manchmal glaube ich, ich habe jede Krankheit, die man überhaupt bekommen kann!« Sie lachte. Dann sah sie Djuna traurig und beinahe flehend an und sagte:

»Mir fallen alle Haare aus!«

Als Djuna an diesem Abend ging, waren Rango und sie nicht länger ein Mann und eine Frau in der isolierten Kammer ihrer Liebe zueinander. Plötzlich war aus dem Paar eine Triade geworden. Zoras unerbittlichere Bedürfnisse be-

herrschten jede Bewegung, bestimmten die Zeit ihres Zusammenseins und diktierten die Stunden der Trennung.
Rango hatte Zora unter Djunas Schutz gestellt. Und deren Liebe mußte wachsen, um Zora mit einzubeziehen.

Zora sprach mit Djuna. Djuna hatte sich vorgenommen, Zora zu besuchen, um ihr Zuneigung zu schenken. Vor Zoras Freundlichkeit konnte sie jedoch nur passiv verharren.
Zora redete, die Augen auf ihr Nähen und Auftrennen gerichtet. Sie sagte: »Rango ist ein anderer Mensch, und ich bin so glücklich, Djuna. Er ist freundlicher zu mir. Vorher war er sehr unglücklich, und ich bekam es zu spüren. Ein Mann kann ohne Liebe nicht leben, und Rango war nicht leicht zufriedenzustellen. Die Frauen wollten ihn alle haben. Aber er traf sich vielleicht einmal mit ihnen und kam niedergeschlagen hierher zurück. Dann wollte er sie nicht mehr wiedersehen. Er fand immer etwas an ihnen auszusetzen. Mit dir ist er zufrieden. Und ich bin glücklich. Ich wußte, irgendwann würde es geschehen. Aber ich bin glücklich, daß du es bist, denn dir vertraue ich. Ich fürchtete, irgendeine Frau würde kommen, ihn mir wegnehmen, und ich würde ihn nie mehr wiedersehen. Ich weiß, du wirst so etwas nie tun.«

Djuna dachte: »Ich liebe Rango so sehr, daß ich seine Last mit ihm teilen will. Ich will lieben und ertragen, was er liebt und erträgt. Ich will seine Überzeugung teilen, daß Zora das unschuldige Opfer des Lebens ist und verdient, daß man sich für sie opfert.«

Jetzt begann für Rango und Djuna die Buße für die wundervollen Stunden auf dem Boot. Jeder Höhenflug in diesem Leben führt zu solchen Orten der Buße wie dieses Zimmer, in dem Zora näht, über Schuppen in den Haaren redet, über Frauenleiden, über Gastritis, über ihre Schilddrüse und über Nervenentzündung.

Djuna schenkte ihr ein farbenfrohes, bedrucktes indisches Kleid, und Zora färbte es schwarz. Jetzt änderte sie es, und es sah bereits alt und trostlos aus. Sie trug einen Schal, der von einer Brosche gehalten wurde, die früher mit Steinen besetzt gewesen war. Die Steine fehlten alle, die Brosche streckte ihre leeren, nackten Silberkrallen aus wie ein Symbol der Armut. Zora trug zwei übereinandergenähte Mäntel. Der untere sah unter dem Saum des äußeren hervor.

Während sie zusammensaßen und nähten, beklagte sich Zora über Rango: »Warum muß er immer so viele Leute um sich haben?«

Djuna wußte, daß Rango gern stundenlang mit ihr allein war, und deshalb wagte sie nicht, zu

sagen: »Er sucht vielleicht nur Wärme und Vergessen. Er flieht vor Krankheit und Dunkelheit.«
In ihrer Gegenwart wirkte Rango dominant, würdevoll und stolz. Sobald er Zoras Zimmer betrat, schien er kleiner zu werden. Beim Eintreten lag auf seinem Gesicht noch ein sanftes, kupfernes Leuchten, aber im nächsten Moment war es verschwunden.
»Warum fühlen sich Männer in Horden wohl?« fragte Zora provozierend.
Djuna beobachtete Rango, der das Feuer anzündete, Wasser aufsetzte und zu kochen begann. Aus seiner Haltung sprach Mutlosigkeit. Er schien Zoras Aufzählung seiner Fehler zuzustimmen. Er wirkte so klein, daß Djuna es nicht mit ansehen konnte.

Zora lag im Krankenhaus.
Djuna kochte für Rango. Sie kochte außerdem eine besondere Suppe, die Rango mittags ins Krankenhaus bringen sollte.
Als Djuna später auf der Suche nach Zora durch die Krankenzimmer ging, sah sie eine Frau, die im Bett saß, ihr Haar kämmte und sie mit einem blauen Band hochband. Ihr Gesicht war eingefallen, aber sie hatte sich gepudert und die Lippen geschminkt. Auf ihrem Gesicht lag nicht nur das Lächeln einer Sterbenden,

sondern das Lächeln einer Frau, die mit Anmut sterben wollte. Sie bereitete sich mit dem letzten Feuer ihrer weiblichen Koketterie auf die Begegnung mit dem Tod vor.
Dieser Mut beeindruckte Djuna. Der Mut, den Tod mit gekämmten Haaren zu erwarten und mit dem sanften Lächeln, das der jahrhundertelangen Überzeugung entsprang, daß eine Frau jedem einen erfreulichen Anblick bieten mußte – selbst dem Tod.
Sie fand Zoras Bett und sah sich dem genauen Gegenteil gegenüber. Bei Zora fehlte jedes Anzeichen von Mut, obwohl sie nicht so krank war wie die andere Frau.
»Die Suppe ist nicht dünn genug«, erklärte Zora, »sie hätte besser passiert werden müssen.« Damit stellte sie die Suppe beiseite und schüttelte den Kopf. Djuna und Rango flehten sie an, die Suppe trotzdem zu essen, damit sie wieder zu Kräften käme.
Rango litt unter ihrer Weigerung zu essen. Zora sah die Angst auf seinem Gesicht und genoß sie.
Er hatte ihr ein besonderes Brot gekauft, aber sie wollte eine andere Sorte.
Djuna hatte ihr ein paar Gläser Leberkonzentrat mitgebracht. Zora warf einen Blick darauf und sagte:
»Sie sind nicht in Ordnung. Sie sind zu dunkel.

Ich bin sicher, sie sind nicht frisch, und ich würde mich vergiften.«
»Aber Zora, auf dem Deckel steht das Herstellungsdatum, und der Apotheker darf sie nicht verkaufen, wenn sie alt sind.«
»Ich kann sehen, daß sie sehr alt sind. Rango, ich möchte, daß du mir bei *La Muetta* frische besorgst.«
Diese Apotheke war eine Stunde entfernt. Rango ging, um ihren Wunsch zu erfüllen, und Djuna stellte die Medizin beiseite.
Als sie sich abends trafen, sagte Rango: »Gib mir das Leberkonzentrat. Ich bringe es in die Apotheke zurück.«
Sie gingen zusammen zur Apotheke. Der Apotheker war außer sich und deutete auf das Datum auf dem Deckel.
Djuna wunderte sich nicht darüber, daß Zora sich als Kranke ihren Launen hingab, sondern daß Rango ihren Behauptungen blindlings traute.
Der Apotheker nahm die Ware nicht zurück. Rango wurde wütend. Djuna lehnte sich gegen Rangos Blindheit auf. Als sie wieder auf dem Hausboot waren, öffnete sie eines der Gläser und leerte es vor seinen Augen.
»Was tust du da?« fragte Rango verblüfft.
»Ich will dir beweisen, daß die Medizin frisch ist.«

»Du glaubst dem Apotheker und nicht Zora?« fragte er gereizt.
»Und du durchschaust nicht die Launen einer kranken Frau«, erwiderte sie.
Zora sprach immer wieder von ihrem Tod. Sie begann jedes Gespräch mit den Worten: »Wenn ich sterbe ...« Rango lebte deshalb in ständiger Panik. Er fürchtete Tag für Tag, sie würde sterben, und lebte in entsprechender Angst. »Zora schwebt in Lebensgefahr«, sagte er entschuldigend, wenn sie seine Zeit in Anspruch nahm.
Anfangs erschrak Djuna über Zoras Befinden, und sie teilte Rangos Befürchtungen. Zora benahm sich so übersteigert und dramatisch, daß Djuna darin das Verhalten einer Sterbenden sah. Aber als dieser Zustand sich Tag um Tag, Woche um Woche, Monat um Monat, Jahr um Jahr nicht änderte, verlor Djuna die Angst, Zora könnte sterben.
Wenn Zora sagte: »Ich habe solches Brennen im Magen«, unterstrich sie ihre Worte mit den Gesten eines Menschen, der bei lebendigem Leibe verbrennt.
Djuna begleitete sie manchmal ins Krankenhaus; Ärzte und Krankenschwestern nahmen Zora nicht mehr ernst. Djuna bemerkte den ironischen Blick des Arztes.
Die Gesten, mit denen Zora ihre Leiden be-

schrieb, wurden für Djuna allmählich zu einem einzigartigen Theater der Übertreibung. Zuerst hatten sie Entsetzen in ihr hervorgerufen, dann hatte sie sich daran gewöhnt, und jetzt war es eine Vorstellung im *Grand Guignol*, bei der das Publikum im Bewußtsein, daß jede Szene maßlos übertrieben wurde, um Entsetzen hervorzurufen, ungerührt lachte.
Aber noch etwas anderes half Djuna die Angst zu überwinden. In diesem Winter grassierte in Paris eine Halsentzündung, an der auch Djuna erkrankte.
Sie war schmerzhaft, aber Djuna hatte kein Fieber und mußte nicht im Bett liegen.
An diesem Tag stürzte Rango aufgeregt und völlig durcheinander zu ihr aufs Boot. Zora war sterbenskrank, und er konnte nicht bleiben. »Wenn du willst, kannst du mitkommen. Zora hat einen Herzanfall, eine Halsentzündung und droht zu ersticken.«
Als sie in die Wohnung kamen, untersuchte der Arzt gerade ihren Hals. Zora lag starr und regungslos im Bett, als sei ihre letzte Stunde gekommen. Ihre Gesten, die Hände am Hals und das verzerrte Gesicht ließen glauben, sie würde stranguliert.
Der Arzt richtete sich auf und sagte: »Es ist nur die Halsinfektion, die im Augenblick alle haben. Sie müssen nicht im Bett bleiben.

Halten Sie sich warm, und essen Sie nur Suppe.«

Und Djuna machte mit derselben Halsentzündung einen Krankenbesuch bei Zora ...

Im ersten Jahr litt Djuna unter Rangos Panik. Im zweiten Jahr litt sie aus Mitleid, und im dritten Jahr gewann sie Distanz und Weisheit. Aber Rangos Angst verringerte sich niemals. Eines Morgens erwachte Djuna und fragte sich: »Liebe ich diese Frau, die ihre Krankheiten unglaublich übertreibt, und der nichts daran liegt, sie zu heilen, die statt dessen die Besorgnis der anderen genießt? Warum verwandelt sich Zora in ein überlebensgroßes Bild des Leidens, damit alle Welt es sieht und hört?«

Djuna hatte oft verblüfft erlebt, daß Zora sich keineswegs darüber freute, wenn jemand zu ihr sagte: »Du siehst heute besser aus...sehr viel besser.« Dann runzelte Zora die Stirn und machte ein leidendes Gesicht.

Im Krankenhaus hielt sich der Arzt eines Tages nur kurz an Zoras Bett auf. Als er ging, legte Djuna ihm die Hand auf den Arm und fragte: »Sagen Sie mir bitte, was meiner Freundin fehlt.«

»Sie ist ein pathologischer Fall«, antwortete er.

Djuna sah eines Tages das andere Gesicht Zoras.

Es war ein Ausdruck, den sie kannte, ohne zu wissen woher. Und dann erinnerte sie sich.
Es war der Ausdruck auf dem Gesicht berufsmäßiger Bettler. Die Aufzählung aller Leiden, die Djuna an diesem Tag über sich hatte ergehen lassen müssen, glich der traurigen Litanei der Bettler. Sie war im Laufe der Zeit durch unzählige Wiederholungen zur Routine geworden.
Aus dem klagenden Ton hörte man die Übung des klagenden Tons heraus.
Trotzdem schämte sich Djuna ihrer Zweifel an der Aufrichtigkeit von Zoras Klagen, wie man sich der Zweifel an der Armut des Bettlers schämt. Und sie spürte, was man manchmal angesichts eines Bettlers empfindet: Ein Leiden, das für die öffentliche Zurschaustellung einstudiert worden ist, ist für den Bettler notwendig gewordenes Leiden. Es ist seine Methode, den Lebensunterhalt zu verdienen, seine Existenzberechtigung und sein Anspruch auf Schutz. Nimmt man ihm dieses Leiden, dann entzieht man ihm seinen Anspruch auf Mitleid.
Djuna aber war der Ansicht, ihr echtes Mitgefühl sollte für Schwierigkeiten aufgespart werden, die noch nicht mißbraucht worden, sondern neu waren und wirklich schmerzhaft empfunden wurden. Die Armut des professio-

nell Klagenden war eher ein Mittel zum Lebensunterhalt als eine Tragödie.
Djuna wollte zunächst ihre intuitive Erkenntnis zugunsten der Tradition vergessen, die vorschreibt, daß man die Not eines Bettlers nicht übersehen darf, weil die edle Gesinnung diktiert: Sein Teller ist leer, dein Teller ist voll, und deshalb sollst du nicht lange überlegen; natürlich könnte eine Untersuchung ergeben, daß der Bettler nicht blind und unter seiner Decke ein Vermögen versteckt ist, aber das Zögern vor einem leeren Teller ist so bedrückend, daß es leichter fällt, dem Bettler zu glauben. Es ist leichter, sich betrügen zu lassen als zu zweifeln ...
Manchmal brachte der schlaue Blick in Zoras Augen, wenn sie ihr die Mühen des Tages schilderte, Djuna aus der Fassung. Dieser Blick verwirrte Djuna ebenso wie die Erfahrung mit einem Blinden, der allein die Straße überquert und auf eine Gefahr zuläuft – unwillkürlich empfindet man heftig Mitleid mit ihm –, der sich aber plötzlich dem Beobachter zuwendet und so verrät, daß er die Gefahr *sehen* kann. Aber Djuna wollte glauben, weil Rango glaubte. Sie verdrängte diesen ersten kurzen Blick auf Zoras anderes Gesicht, wie man oft Intuitionen verdrängt, bis eine Freundschaft endet, bis eine Liebe endet. Dann erinnert man sich

wieder an diesen längst vergessenen Eindruck, und er beweist, daß die animalischen Instinkte im Menschen ihn deutlich vor Gefahren und Fallen warnen. Sie sind in vielen Fällen richtig, aber oft verdrängt man sie, tut genau das Gegenteil, und handelt so den eigenen Interessen zuwider. Solche instinktiven Eindrücke beweisen, daß Menschen zwar ein Gespür für Gefahren besitzen, daß aber ein anderer Drang, ein anderes Verlangen sie auf die Fallen, auf die Selbstzerstörung zutreiben und dazu verlocken.
Djuna kam sich jetzt wie eine Marionette vor. Sie glaubte, Rango eine ewig gesunde, ewig heitere Frau präsentieren zu müssen, weil er zu Hause eine ewig kranke, ewig depressive Frau hatte. Rangos Bedürfnisse bestimmten den Ton, die Stimmungen und die Aktivitäten des Tages. Sie gehorchte den Fäden, an denen sie hing, blindlings. Sie ließ zu, daß Rangos Ängste sie ansteckten, nur damit die Bürde nicht mehr allein auf ihm lastete. Zora hielt die Fäden in der Hand. Die Hierarchie war fest etabliert: Hatte Zora eine Erkältung oder Kopfschmerzen, mußte Rango zu Hause bleiben (selbst wenn Zora sich nur deshalb erkältet hatte, weil sie sich mitten im Winter die Haare gewaschen hatte und mit nassem Kopf auf die Straße gegangen war). Es war verboten, sich dagegen aufzulehnen oder den Grund für die Schwierig-

keiten zu hinterfragen oder anzudeuten, Zora solle auf andere Rücksicht nehmen oder sich darum bemühen, solche Schwierigkeiten zu vermeiden.

Zora konnte nicht kochen, konnte nicht einkaufen, konnte nicht putzen. Sie konnte nachts nicht allein sein. Wenn Freunde sie besuchten, mußte Rango zu Hause sein, um ihre Ehre zu wahren.

Als Djuna Rango kennenlernte, hatte er die Nächte meist im Café verbracht. Oft kam er nicht vor Morgengrauen nach Hause und noch öfter überhaupt nicht, weil er die Nacht mit einer seiner Geliebten verbrachte.

Anfangs hatte Zora oft gesagt: »Ich bin so froh zu wissen, daß Rango nicht trinkt, daß er bei dir ist und nicht im Café.«

Aber nach einiger Zeit entwickelte sie neue Ängste. Rango sagte: »Arme Zora, sie fürchtet sich nachts so sehr. Vor ein paar Tagen klopfte jemand hartnäckig an die Tür und ging nicht. Sie hatte solche Angst, daß der Mann ins Zimmer kommen und sie vergewaltigen würde, daß sie sich mit den Möbeln verbarrikadierte und die ganze Nacht nicht schlafen konnte.«

Rango verbrachte jede zweite Nacht auf dem Boot; als Zoras Klagen sich häuften, kam er nur noch zweimal in der Woche und schließlich nur noch einmal.

Und in einer solchen einzigen Nacht kam Zora plötzlich und klopfte an die Tür.
Sie habe Schmerzen, erklärte sie. Rango brachte sie eilig nach Hause. Sie krümmte sich vor Schmerzen. Der Arzt wurde gerufen, konnte aber nichts finden. Erst im Morgengrauen gestand sie, sie habe gehört, Spülmittel sei gut für den Magen. Deshalb habe sie ein Glas getrunken.
Rango ließ Djuna an Zoras Bett zurück, während er in die Apotheke ging, um die Medikamente zu kaufen, die der Arzt verschrieben hatte.
Djuna versorgte Zora, und Zora lächelte sie unschuldig an. Konnte Zora wirklich so blind gegenüber den Folgen ihres Tuns sein?
Wenn sie mit Djuna allein war, wurde Zoras Verhalten scheinbar aufrichtig. Dann erwachte Djunas Mitgefühl von neuem, und Zora genoß es. Djuna glaubte in solchen Momenten, es entwickle sich eine Beziehung, in der sich Zora loyal verhalten würde – eine Beziehung gegenseitigen Gebens. Erst später entdeckte sie, was Zora durch ihr Verhalten erreichte: Am Ende immer etwas, das die Beziehung zwischen Rango und Djuna beeinträchtigte und ihr schadete. Aber dies geschah immer auf so subtile Weise, daß Djuna es nie sofort bemerkte.
Wenn Zora über Rango sprach, schien zu-

nächst eine harmlose, kranke Frau zu klagen. Es wirkte nie, als versuche sie, Rango in Djunas Augen herabzusetzen. Sie schien an Djunas Mitgefühl für ihr schwieriges Leben mit Rango appellieren zu wollen. Erst später, wenn sie wieder allein war, erkannte Djuna, wieviel Zwietracht und Zweifel Zora mit ihrem monotonen Lamentieren über Rango gesät hatte.
Djuna bereitete sich auf diese Gespräche vor, unter denen sie litt. Sie dachte: »Zora spricht über einen anderen Rango, nicht über den Rango, den ich kenne. Der Rango, den ich liebe, ist anders. Zora spricht über den Rango, der aus dem Zusammenleben mit ihr hervorgegangen ist. Sie ist für sein Verhalten ihr gegenüber selbst verantwortlich.«
Beruhigt von Djunas Gefügigkeit, begann Zora an diesem Abend das Gespräch mit folgenden Worten: »Du liebst Rango auf völlig andere Weise als ich. Ich habe Rango nie körperlich geliebt. Ich habe noch keinen Mann körperlich geliebt. Ich weiß nicht, wie es ist, auf einen Mann zu reagieren ... Weißt du, wenn ich manchmal diese Weinkrämpfe bekomme, denke ich: Es liegt vielleicht daran, daß ich mich körperlich nicht hingeben kann. Ich empfinde nichts. Und deshalb ist das Weinen eine Erleichterung. Statt einer Hingabe weine ich ...«
Zuerst rührten diese Worte Djuna, dann stie-

ßen sie sie ab. Rango wußte nichts von Zoras Frigidität. Lag darin das Geheimnis ihrer destruktiven Einstellung ihm gegenüber?
Djuna wünschte, sie wäre nicht so intim in das Zusammenleben der beiden hineingezogen worden. Sie wünschte, Zoras Abhängigkeit entrinnen zu können.
Sie flüchtete sich in Schweigen, wenn Zora wie üblich ihre lange, monotone Litanei von Rangos Fehlern begann: Rango hatte sie krank gemacht. Rango hatte ihre Karriere ruiniert. Rango war an allem schuld.
Zora beschuldigte Rango. Und Rango beschuldigte die Welt; beide waren gleichermaßen blind für ihren Charakter und ihre Pflichten.
Noch kannte Djuna den Grund für den Abstieg der beiden nicht, ahnte ihn aber.
Djuna lehnte sich gegen Rangos blinde Unterwerfung unter Zoras Hilflosigkeit auf. Und doch fand sie sich in der gleichen Position. Auch sie war unfähig, sich der Sklaverei zu entziehen.
Zora bat nie um etwas. Sie verlangte es und kritisierte dann, wie ihre Befehle ausgeführt wurden. Sie tat es in dem Gefühl, ein Recht darauf zu haben, daß man sie bediente, ohne jede Anerkennung oder die leiseste Spur der Dankbarkeit.
Zora sprach jetzt über ihre Karriere als Tänze-

rin. »Ich war die erste, die dem Pariser Publikum Tänze aus Guatemala vorgeführt hat. Ich war sehr erfolgreich ... so erfolgreich, daß ein Agent aus New York anreiste und mich für eine Tournee verpflichtete. Ich verdiente viel Geld. Ich hatte viele Freunde. Aber in der Truppe, die mich begleitete, war eine Frau, die mich umbringen wollte.«

»Oh nein, Zora.«

»Doch ... und völlig grundlos. Sie lud mich jeden Tag zum Mittagessen ein und setzte mir Tomaten und Eier vor. Ich wurde davon schrecklich krank, denn sie waren vergiftet.«

»Vielleicht waren sie nicht vergiftet, vielleicht verträgst du Tomaten und Eier einfach nicht.«

»Sie tat es mit Vorsatz, sage ich dir. Ich hatte zu großen Erfolg.«

(Sie ist verrückt, dachte Djuna. Wenn Rango es nur erkennen würde, könnten wir in Frieden leben. Wenn er sich nur von ihr distanzieren und es zugeben würde. Sie ist sehr krank und gestört. Wir könnten für sie sorgen, müßten aber nicht zulassen, daß sie unser Leben zerstört.

Aber Rango sieht alles so verzerrt wie sie. Wenn er nur die Wahrheit *sehen* würde, das würde uns alle retten.)

»Etwas verstehe ich nicht, Zora. Wenn du als Tänzerin so großen Erfolg hattest, wenn du den Gipfel des Erfolgs erreicht hattest, wenn du reisen, wenn du alles tun konntest, was du wolltest ... was ist geschehen? Was hat diesen Sturz in deinem Leben ausgelöst? War es deine Gesundheit?«

Zora zögerte. Djuna erwartete die Antwort mit quälender Spannung. Sie glaubte, das Leben dreier Menschen würde sich verändern, wenn Zora antwortete.

Aber Zora beantwortete direkte Fragen nie.

Djuna bedauerte, das Wort ›Sturz‹ benutzt zu haben. Sturz war das falsche Wort für Zora und Rango, da all ihre Schwierigkeiten durch die böse Welt entstanden, durch die Feindschaft und Aggression der Welt.

Zora versank in Apathie. Sie würde wie Rango ausweichen und die Frage so vage beantworten, daß die Wahrheit in einem Labyrinth zusammenhangloser Worte unterging.

Zora schlug die Augen wieder auf und fuhr in ihrem Monolog fort: »In New York brach ich die Tournee ab. Der Agent kam mit einem langen Vertrag zu mir. Ich konnte so viel Geld verdienen, wie ich wollte. Ich hatte Pelzmäntel, schöne Abendkleider, ich konnte reisen ...«

»Und was geschah?«

»Ich warf alles hin und ging nach Guatemala zurück.«

»Nach Guatemala zurück?«
Zora lachte. Sie lachte hysterisch, konnte nicht mehr aufhören, und Djuna bekam es mit der Angst zu tun. Ein Hustenanfall unterbrach Zora. »Du hättest das Gesicht des Agenten sehen sollen, als ich den Vertrag nicht unterschrieb ... und die Gesichter aller anderen. Ich genoß das. Ich genoß ihre Gesichter mehr als das Geld. Ich ließ sie einfach sitzen und ging nach Hause. Ich wollte Guatemala wiedersehen. Ich lachte auf dem ganzen Weg und dachte an die Gesichter, die sie machten, als ich nicht unterschrieb.«
»Wurdest du dann krank?«
»Ich war immer krank ... von Kindheit an. Aber das war es nicht. Ich bin unabhängig.«
Djuna erinnerte sich daran, wie Rango ihr erzählt hatte, daß eine Freundin sich bemühte, für Zora einen Auftritt in einem Privathaus in Paris zu arrangieren. Er hatte der Freundin versprochen, sie im Café zu treffen. »Ich kam fünf Stunden zu spät, und sie war völlig außer sich.« Er lachte jedesmal, wenn er die Geschichte erzählte. Der Gedanke an die Freundin, die wie auf Kohlen im Café saß und auf ihn wartete, amüsierte ihn.
»Ich blieb sechs Monate in Guatemala. Als mein Geld ausgegeben war, kehrte ich nach New York zurück. Aber niemand engagierte

mich mehr. Alle wußten, daß ich meinen Vertrag gebrochen hatte ...«

Rango kam mit Medikamenten zurück. Zora weigerte sich, sie zu nehmen. Das Wismut hätte ihre Schmerzen und das Brennen im Hals gelindert. Aber sie weigerte sich, es zu nehmen. Sie drehte das Gesicht zur Wand und schlief ein, ohne Djunas und Rangos Hände loszulassen, die so an ihre Launen gekettet waren.

Djunas Kopf sank nach unten. Rango sagte: »Du mußt erschöpft sein. Du gehst besser nach Hause. Manchmal glaube ich ...« Djuna hob den Blick und sah ihn beschwörend an, inbrünstig hoffend, das Wissen stelle sich ein, daß Zora ein krankes, labiles Kind war, um das man sich kümmern mußte, dem man aber nicht erlauben durfte, ihrer beider Leben zu lenken, mit seiner Destruktivität zu infizieren.

Rango blickte sie an. Aber seine Augen sahen nicht, was Djuna sah. »Manchmal glaube ich du hast recht, was Zora angeht. Sie macht dumme Sachen ...« Das war alles.

Er begleitete sie zur Tür ... Sie blickte auf die graue, leere Straße. Bald würde der Morgen dämmern. Djuna brauchte Wärme und Schlaf. Sie mußte blind werden wie Rango, um so weiterleben zu können. Ihr Wissen war nutzlos. Es vergrößerte nur ihre Last. Sie wußte, all die Mühen, die Fürsorge und die Zuneigung waren absolut verschwendet. Zora würde es nie besser gehen, und es war falsch, zwei Leben einem gestörten Menschen zu opfern ... Das Wissen entfremdete sie Rango, dessen blinden Glauben sie nicht teilen konnte. Es belastete und vereinsamte sie. Heute nacht war sie so müde und wünschte so sehr, den Kopf an Rangos Schultern zu legen und in seinen Armen einzuschlafen. Aber an seiner Schulter ruhte bereits ein anderer Kopf, und er war eine schwere Last.

Als fürchte er, daß Djuna ihn bitten könne, sie zu begleiten, sagte Rango: »Man kann sie nicht alleinlassen.«

Djuna schwieg. Sie konnte ihr Wissen nicht weitergeben.

Wenn sie gegen die exzessiven Forderungen und Launen Zoras protestierte – selbst wenn sie es vorsichtig tat –, erwiderte Rango: »Ich stehe zwischen zwei Feuern, also mußt du mir helfen.«

Ihm zu helfen bedeutete, sich Zora zu beugen, wobei Djuna wohl wußte, daß dies letztlich ihre Beziehung zu Rango zerstören würde.

Djuna unterdrückte aber ihr Wissen, ihre Klarsicht einen Tag um den anderen. Rango hätte ihr doch nur vorgeworfen, die hilflose Zora anzugreifen.

Noblesse oblige. Diese Maxime erzwang Schweigen, und all das Wissen Djunas um die

Destruktivität Zoras, der ihre Beziehung zum Opfer fiel – während Zora aus dieser Beziehung den größten Nutzen zog –, diente nur dazu, ihr Leiden zu vergrößern.
Auf mysteriöse Weise hatte Zora schließlich alle Kämpfe gewonnen. Rango und Djuna konnten nie mehr eine ganze Nacht zusammen verbringen.

Es sind die Geheimnisse, die eine Liebe zerstören.
Der Zweifel an Zoras geistiger Gesundheit, den Djuna Rango gegenüber nie zu äußern wagte und der jedes Opfer nutzlos machte, führte zu einem Riß in ihrer engen Beziehung zu Rango. Das einfache, sachliche Begreifen der Lage hätte Rango weniger versklavt, weniger ängstlich gemacht. Es hätte Djuna und Rango enger zusammengebracht. Aber seine Loyalität gegenüber allen irrationalen Forderungen Zoras, gegenüber Zoras verdrehten Interpretationen seiner und Djunas Handlungen, war eine ständige Reibfläche für Djunas Intelligenz und Einsichtsvermögen.
Das Schweigen, in dem sie ihre Pflichten erfüllte, führte zu einer allmählichen Abkapselung ihrer Gefühle.
Es war ein eigenartiges Gefühl zu kochen, Besorgungen zu machen, neue Ärzte zu finden,

Kleider zu kaufen und ein neues Zimmer für Zora einzurichten, während sie wußte, daß Zora gegen sie arbeitete und nie gesund werden würde. Denn ihre Krankheit war ihr wertvollster Schatz, die Waffe, die ihr Macht über sie beide gab.

Aber Rango klammerte sich verzweifelt an seinen Glauben. Er glaubte, jede neue Medizin, jeder neue Arzt würde ihr die Gesundheit wiedergeben.

Djuna ging es wieder wie in ihrer Kindheit, als sie die religiösen Dogmen abgelehnt hatte, aber ihrer Mutter zuliebe weiterhin die Messe besuchen, an den Zeremonien teilnehmen und kniend beten mußte.

Jedes Abweichen von seinen Überzeugungen hielt Rango für Verrat an ihrer Liebe.

Zora sorgte bei jeder Gelegenheit für eine Niederlage im Kampf um ihre Gesundheit. Als sie ein neues, sonniges Zimmer bekam, schloß sie die Jalousien und ließ weder Luft noch Licht herein. Als sie gemeinsam zum Schwimmen an den Fluß fuhren, war der Badeanzug nicht fertig, den Djuna ihr geschenkt hatte. Zora hatte ihn aufgetrennt, um ihn zu ändern. Als sie im Park spazierengingen, trug sie ein zu dünnes Kleid und erkältete sich. Im Restaurant bestellte sie Gerichte, von denen sie wußte, daß sie ihr nicht bekommen würden, und sagte selbst vor-

aus, daß sie den nächsten Tag im Bett würde verbringen müssen.
Sie unternahm halbherzige Versuche, wieder zu tanzen – aber niemals allein; immer nur in Gegenwart von Djuna und Rango, die ihre kläglichen Versuche mit ansehen mußten. Wenn dann ihr Herz durch die Anstrengung schneller schlug, sagte sie zu Rango: »Leg deine Hand hierher. Fühlst du, wie mein Herz klopft, wenn ich versuche zu arbeiten?«
Manchmal machte Rango Djunas Distanziertheit und Gleichgültigkeit, mit der sie sich schützte, zunichte. Wie einmal, als er sagte: »Wir bringen sie um.«
»Wir bringen sie um?« wiederholte Djuna fassungslos und ungläubig.
»Ja. Sie sagte mir einmal, meine Untreue mache sie krank.«
»Aber wem bist du untreu, Rango? Sie war nicht deine Frau. Lange bevor wir uns kennenlernten, war sie schon dein krankes Kind. Ihr hattet euch darauf geeinigt, eine platonische Beziehung zu führen und daß du früher oder später eine Frau lieben würdest ...«
»Zora hatte nichts dagegen, daß ich eine Frau hatte, wenn es sich um eine vorübergehende Affäre handelte ... Aber dir gebe ich mehr als das. Zora kann sich nicht damit abfinden.«
»Aber Rango, Zora hat mir selbst gesagt, unse-

re Beziehung mache sie glücklich und sicher. Sie fühlt sich von uns beiden beschützt; sie weiß, daß ich dich ihr nicht wegnehme. Sie sagte, sie habe die Liebe zweier Menschen gewonnen und nichts verloren ...«

»Man kann so etwas sagen und sich trotzdem verraten und verletzt fühlen ...«

Rango überzeugte Djuna davon, daß sie für ihre Liebe büßen müßten. Auch wenn Zora schon immer krank war, schon als Kind, auch wenn ihre Liebe Zora schützte, mußten sie büßen ... büßen ... All die Zuneigung, die sie ihr entgegenbrachten, wog den Schmerz nicht auf, den sie ihr zufügten ... Es genügte nicht, frühmorgens aufzustehen, um auf dem Markt lekkere Dinge für Zora zu kaufen. Es genügte nicht, ihr Kleider zu schenken, sich jeder ihrer Launen zu fügen und ihr Rango wieder und wieder zu überlassen.

Djuna verfiel Zora gegenüber in maßlose, blinde, betäubende Ergebenheit. Sie wurde die Traumtänzerin, die nichts anderes suchte, als einen kurzen leidenschaftlichen Moment des Genusses mit Rango, um danach nur noch zu büßen.

Rango klingelte mitten in der Nacht an ihrer Tür und forderte sie auf, bei Zora zu wachen, während er Medikamente besorgte.

Die Traumtänzerin Djuna ging an einem verregneten Nachmittag den schlammigen Hügel zum Krankenhaus hinauf, um Zora ihren Wintermantel zu bringen. Sie hatte inzwischen soviel von dem verschenkt und weggegeben, was ihr gehörte, daß es ihrem Vater auffiel und er eine Erklärung verlangte: »Wo ist dein Mantel? Warum trägst du keine Strümpfe? In letzter Zeit ziehst du dich an wie eine Landstreicherin. Ist das der Einfluß deiner neuen Freunde? Mit wem gibst du dich ab?«

Rangos dankbare Küsse auf ihre Augen waren die blindmachende, hypnotisierende Droge, und sie ließ ihren Vater im Glauben, sie »betrachte sich jetzt als Bohemienne, sie spiele die Arme«.

An diesem Nachmittag ließ Rango sie im Krankenhaus mit Zora allein. Als er das Zimmer verlassen hatte, sagte Zora: »Nimm die Flasche aus dem Schrank. Es ist ein Desinfektionsmittel. Füll mir etwas ab. Die Krankenschwester ist so geizig. Sie nimmt immer nur ein paar Tropfen. Sie will nicht, daß ich gesund werde. Sie spart mit dem Zeug. Und ich weiß, daß mehr davon mich gesundmachen würde.«

»Aber Zora, das Mittel ist sehr stark. Du wirst dir die Haut verbrennen. Man darf nur wenig davon nehmen. Die Krankenschwester versucht nicht, sparsam zu sein.«

Zora sah sie mit abgrundtiefer Bosheit an. »Du

möchtest, daß ich sterbe. Nicht wahr? Dann kannst du mit Rango zusammenleben. Deshalb gibst du mir die Medizin nicht.«

Djuna gab ihr die Flasche und sah zu, wie Zora etwas von dem Konzentrat in ein kleineres Fläschchen füllte. Zora würde sich die Haut verbrennen, aber sie würde wenigstens glauben, daß Djuna auf ihrer Seite stand.

Rangos mandelförmige, orientalische Augen, die sich wie die Augen einer Katze öffneten und schlossen, seine schrägstehenden dunklen Augen würden sich bald völlig vor der Realität, vor aller Vernunft verschließen.

Er registrierte all diese Vorfälle nicht automatisch, wie Djuna es tat. Wann immer Djuna für ein paar Tage verreiste, war Zora nicht allzu krank. Wann immer Djuna zurückkam, stellte sich eine Verschlechterung ein, und Djuna und Rango konnten sich am Abend ihrer Rückkehr nicht treffen.

Djuna wußte instinktiv, daß dies regelmäßig und unvermeidbar geschah, und stellte sich darauf ein. Auf der Rückreise sagte sie sich: »Freu dich nicht zu sehr darauf, Rango wiederzusehen, denn wenn du zurückkommst, wird Zora mit Sicherheit schwer krank werden, und dann hat Rango keine Zeit ...«

Weil Rango sich nicht gegen diese Krankheit auflehnen und darüber zornig sein konnte

(denn er hielt sie für echt), weil er nicht erkannte, daß der Krankheitsverlauf Zoras destruktivem Willen unterlag, rebellierte er in anderen Situationen. Und dann war er im Unrecht und ungerecht. Djuna lernte mit der Zeit, die Ursache seiner Empörung aufzuspüren. Sie begriff, daß es eine Revolte war, die er zu Hause unterdrückte, die er auf andere Situationen und Anlässe übertrug und abreagierte. Er schimpfte heftig über die Politik, er mokierte sich über die Krankheiten anderer Frauen; er stiftete Ehemänner an, sich gegen ihre Frauen aufzulehnen. Er besuchte sie zu Hause und schleppte sie beinahe mit Gewalt ins Café. Djuna ihrerseits erlaubte sich hin und wieder Tiraden gegen kindische und hilflose Frauen im allgemeinen, da sie nicht wagte, Zoras kindisches Verhalten offen zu kritisieren.
Rango entzog sich vielen häuslichen Szenen und flüchtete zu Djuna. Er legte ihr den müden Kopf und die schweren Arme in den Schoß, und wenn Djuna müde war, ließ sie es sich nicht anmerken, denn sie wollte einen Mann nicht noch mehr belasten, der bereits eine so schwere Bürde trug. Sie verbarg ihre eigenen Bedürfnisse, ihre Schwächen, ihre Fehler, ihre Ängste oder Probleme. Dies alles sollte er nicht wahrnehmen, und so entstand seine Vorstellung von ihrer unerschöpflichen Energie und

unerschöpflichen Kraft, Hindernisse zu überwinden. Die geringste Schwäche irritierte ihn wie ein gebrochenes Versprechen. Er brauchte Djunas Kraft.
Er schien Zora wegen ihrer Schwäche zu lieben, zeigte soviel Nachsicht mit ihren Unzulänglichkeiten, wenn sie zum Beispiel ungeschickt versuchte, eine Tür zu öffnen, unfähig war, eine Briefmarke zu kaufen und einen Brief zur Post zu bringen oder allein eine Freundin zu besuchen. Für Djuna manifestierte sich darin nur große Unausgeglichenheit und große Ungerechtigkeit, denn Zoras extrem unreifes Verhalten raubte ihrer Beziehung zu Rango alle Natürlichkeit. Die beiden Frauen wurden dadurch zu Gegenpolen – nicht Rivalinnen, sondern Gegensätze: Destruktivität kontra Konstruktivität, Schwäche kontra Stärke, Geben kontra Nehmen.
Es kam zu gewissen Erschütterungen, die den Bann hätten brechen können, die Djuna aber ihrer Sache nicht mehr nutzbar zu machen vermochte.
Nachdem sie Zora das meiste von ihrer persönlichen Habe, all ihren Schmuck überlassen hatte – in einem solchen Ausmaß, daß Djuna bestimmte Plätze und bestimmte Freunde nicht mehr besuchen konnte, denn so offensichtlich nachlässig gekleidet hätte sie dort nicht erschei-

nen können –, besuchte sie Zora einmal unerwartet. Sie fand sie zwischen sechs geöffneten Koffern sitzen.

»Ich nähe mir ein Kostüm für eine neue Tanznummer«, erklärte Zora.

Die Koffer quollen über von Kleidern. Es waren nicht nur Theaterkostüme, sondern Mäntel, Kleider, Strümpfe, Unterwäsche und Schuhe.

Djuna war verblüfft, und Zora breitete den Inhalt der Koffer vor ihr aus und erklärte: »Ich habe das alles in New York gekauft, als es mir gut ging.«

»Aber du könntest die Sachen doch jetzt tragen!«

»Das könnte ich, aber sie sehen so hübsch aus. Ich hebe sie lieber auf und betrachte sie ab und zu.«

Und die ganze Zeit über hatte sie zerschlissene Schuhe getragen, gestopfte Strümpfe, Kleider, die für den Winter zu dünn waren – wenn sie nicht gerade das trug, was sie von Djuna bekommen hatte.

Diese Entdeckung machte Djuna sprachlos. Es war der Beweis für die Vermutung, die sie die ganze Zeit schon gehabt hatte, daß Zora die arme, die frierende, die zerlumpte, die leidende Frau nur spielte und freiwillig eine Rolle übernommen hatte, die ihr im tiefsten Herzen entgegenkam. Das armselige Aussehen, mit dem sie ständig Rangos Mitleid erregte, entsprang also bewußter Absicht, denn sie hätte jederzeit besser gekleidet sein können als Djuna.

An diesem Abend konnte Djuna sich nicht zurückhalten und fragte Rango: »Wußtest du, daß Zora einen Pelzmantel im Koffer hatte, als ich ihr meinen für den Winter gab?«

»Ja«, erwiderte Rango, »Zora hat viel von einer Zigeunerin an sich. Die Zigeuner bewahren ihre Schätze für bestimmte Anlässe auf, erfreuen sich hin und wieder an ihrem Anblick, tragen sie aber nur selten.«

»Verliere ich den Verstand?« fragte sich Djuna, »oder ist Rango so verrückt wie Zora? Er ist sich der Absurdität und der Grausamkeit des Ganzen nicht bewußt. Er findet es ganz natürlich, daß ich alles, was ich habe, einer Frau gebe, die vom Drang besessen ist, Mitleid hervorzurufen.«

Aber obwohl dieser Vorfall ihren Glauben an Rango ins Wanken brachte, blieb sie schließlich doch in ihrer angenommenen Rolle.

Ein Schauspieler bekommt wegen seiner Rolle keine schmerzhaften Krämpfe, denn er weiß, daß er die Rolle, die er spielt, zu einem festgelegten Zeitpunkt ablegen kann und danach wieder frei und er selbst ist.

Aber Djuna schien ihrer Rolle im Leben nicht entfliehen zu können. Sie war dazu verurteilt,

einer Sache zu dienen, an die sie nicht glaubte. Zora würde nie gesund werden. Rango würde nie frei sein. Sie litt unter Schmerzen, die wie Krämpfe waren, denn all diese unnatürlichen Posen, die sie einnehmen mußte, die Rollen einer Gebenden und einer Nachgiebigen, schmerzten durch das Wissen, daß sie, solange sie Rango liebte, nie wieder frei und sie selbst sein konnte.
Aus körperlicher Erschöpfung lief sie manchmal davon.
Um dieses Mal ihre Erschöpfung vor Rango zu verbergen, nahm sie die Fähre von Calais nach Dover. Sie wollte sich ein paar Tage im Hause einer Freundin in London verstecken.
Es war ein nebliger Nachmittag. Sie saß an Deck und schlief müde und entmutigt ein. Sie war so müde, so müde, so müde, ihr Körper versank im Liegestuhl an Deck in tiefen Schlaf. Schlaf. Ein tiefer, tiefer, tiefer Schlaf ... bis sie eine Hand auf ihrer Schulter spürte, die sie zu rufen schien. Sie wollte die Augen nicht öffnen; sie wollte nicht reagieren. Sie fürchtete sich davor, aufzuwachen. Sie gab vor, tief zu schlafen und wendete den Kopf von der Hand ab, die sie zu rufen schien ...
Jetzt vernahm sie auch eine eindringliche Stimme: »Mademoiselle, Mademoiselle ...«
Eine bittende Stimme.

Sie spürte die Gischt auf ihrem Gesicht, das schwankende Schiff, und hörte ferne Gespräche anderer Passagiere.
Sie öffnete die Augen.
Ein Mann beugte sich über sie. Seine Hand lag noch immer auf ihrer Schulter.
»Verzeihen Sie, Mademoiselle, ich weiß, ich hätte Sie schlafen lassen sollen. Verzeihen Sie mir.«
»Weshalb haben Sie mich geweckt? Ich war so müde, so müde.« Djuna war noch nicht völlig wach, noch nicht genug wach, um wütend oder vorwurfsvoll zu reagieren.
»Verzeihen Sie mir. Ich will es erklären, wenn ich darf. Glauben Sie mir, ich versuche nicht zu flirten. Ich bin ein *Grand Blessé de Guerre.* Ich kann Ihnen nicht sagen, wie schwer ich verwundet bin. Aber Regen, Nebel, Feuchtigkeit und das Meer kann ich nicht ertragen. Ich habe Schmerzen. Ich habe große Schmerzen am ganzen Körper. Mein Beruf zwingt mich, diese Reise oft zu machen. Es ist für mich eine Folter. Ich kehre jetzt nach England zurück ... Wenn die Schmerzen einsetzen, kann ich nichts dagegen tun ... außer mit jemandem zu sprechen. Ich mußte mit jemandem sprechen. Ich habe mich überall umgesehen. Ich habe mir jedes Gesicht angesehen. Ich sah Sie schlafen. Ich weiß, es war rücksichtslos, aber ich spürte: Das

ist die Frau, mit der ich sprechen kann. Es wird mir helfen ... Sie sind mir böse?«
»Aber nein«, antwortete Djuna.
Und sie sprachen während der ganzen Reise – auch noch in der Bahn. Als sie London erreichten, war Djuna dem Zusammenbruch nahe. Sie ging in das erstbeste Hotel, das sie fand, und schlief zwölf Stunden lang. Dann kehrte sie nach Paris zurück.
Sie wollte ihr Leben nicht mehr befragen, nicht mehr interpretieren und nicht mehr analysieren. Sie ergab sich ihrem Schicksal. Ihre Rolle war ihr Schicksal. Durch den *Grand Blessé de Guerre* auf dem Schiff hatte sie es gespürt. Er hatte sie davon überzeugt.
Und so drehte sie auf den sich drehenden Bühnen der Erkenntnis eine traurige Pirouette. Sie übernahm wieder die Rolle, für die sie offenbar geschaffen war – bis hin zum Gesichtsausdruck, selbst wenn sie schlief.
Das Gefühl unerträglicher Spannung ist das einzige Symptom, das enthüllt, daß ein Mensch eine Rolle spielt und von falschen Impulsen motiviert ist, von Zwängen getrieben wird, die die Folge von Angst und Verkrampfung sind. Ein solcher Mensch handelt nicht aus einem echten Bedürfnis heraus, und all sein Tun steht nicht im Einklang mit seiner wahren Natur.
Es gibt nur wenige Methoden, um die eigene

Unehrlichkeit zu messen. Aber wie Djuna wußte, war Freudlosigkeit das untrüglichste Zeichen. Jede Aufgabe, der man sich ohne Freude unterzog, war eine Verleugnung der eigenen Natur. Wenn Djuna Zora mit Geschenken überschüttete, empfand sie keine Freude, und Rango und Zora interpretierten ihre Handlung falsch. Djuna besaß zwar natürliche Güte, aber ihr Verhalten gegenüber Zora war eine übersteigerte Güte und damit eine selbstzerstörerische Verleugnung ihres Wesens.
Vielleicht mußte sie diese Rolle ihr Leben lang beibehalten. Rango verweigerte sich einer möglichen Veränderung, für die er die Augen hätte öffnen müssen; er verweigerte sich der Möglichkeit, hellsichtig eine andere Richtung einzuschlagen. Sie trieben steuerlos dahin und waren erbarmungslos Zoras Wahn ausgeliefert. Djuna erhielt noch nicht einmal den Beifall, den man einer Schauspielerin zollt; denn die Rollen, die man im Leben spielt, haben es an sich, daß niemand sich täuschen läßt. Selbst der Stumpfsinnigste und Unsensibelste spürt die Dissonanz und den Betrug. Den Schauspieler bewundert man für seine Fähigkeit, auf der Bühne eine Illusion zu zaubern, aber niemand bewundert einen Menschen, der versucht, eine Illusion im Leben zu schaffen.

Djuna plante wieder eine Flucht – diesmal mit Rango und Zora. Sie glaubte, das Meer und die Natur könnten sie alle heilen, würden Zora vielleicht stärken und ihnen allen Frieden bringen.
Es war ein unendlich mühsames Unterfangen, Zora zum Packen zu bewegen und Rango aus seinem Chaos zu befreien. Sie verpaßten nicht einen, sondern mehrere Züge. Zora reiste mit zwei Koffern, Rango hatte Schulden, seine Gläubiger ließen ihn nur ungern aus Paris abreisen, und morgens verschliefen die beiden.
Rango lieh sich Geld und kaufte Djuna ein Geschenk – einen schmalen, weißen marokkanischen Ledergürtel. Es war sein erstes Geschenk. Djuna war überglücklich und trug ihn voll Stolz. Aber als die drei sich am Bahnhof trafen, bemerkte sie, daß Zora den gleichen Gürtel trug – damit verlor der eigene seinen Zauber. Sie warf ihn weg.
Bei ihrer Ankunft lag das Fischerdorf in der Morgensonne. Im Schutz der halbmondförmigen Bucht ankerten Yachten und Fischerboote aus aller Welt. Die Cafés lagen alle am Wasser. Während sie Kaffee tranken, beobachteten sie, wie das Leben auf den Booten erwachte. Matrosen und Segler tauchten aus ihren Kabinen auf; kleine Bullaugen öffneten sich, Luken klappten auf und Segel wurden gesetzt. Sie be-

obachteten, wie die Matrosen Messing polierten und Decks schrubbten.
Hinter ihnen erhoben sich die Hügel mit den weißen Häusern, die aus der Zeit der Maurenherrschaft im Mittelmeer stammten.
Das fröhliche Treiben in dem Fischerdorf erinnerte an einen immerwährenden Karneval. Das Flattern, das Glitzern, das Leben im Hafen und auf den Schiffen spiegelte sich in den Cafés und ihren Gästen wider. Die Tücher der Frauen flirteten mit den koketten Segeln. Augen, Haut und Lächeln glänzten wie das polierte Messing. In den Muschelhalsketten spiegelten sich der Himmel und das Meer.
Rango fand für sich und Zora eine Unterkunft im Wald auf einem Hügel. Djuna nahm ein Zimmer in einem Hotel weiter unten – näher am Hafen.
Als Rango auf dem Fahrrad den Hügel herunterkam und Djuna in einem Café am Hafen traf, ging die Sonne unter.
Die Nacht und das Meer waren sanft und zärtlich, von samtener Tiefe. Während die Pflanzen geheimnisvoller blühten, warfen auch die Menschen ihr helles Tages-Ich ab und trugen Farben und Parfüms, die dem geheimen Blühen besser entsprachen. Beim Herannahen der Nacht entfalteten sie sich im Einklang mit den Blättern und den Schatten.

An den vorüberfahrenden Autos wehte die Flagge des Vergnügens, sie entrollte sich auch im verwegenen Lächeln und in den vorwitzigen Tüchern der Frauen.
Die Stimmen senkten sich zu zärtlicher Intimität. Meer, Erde und Körper suchten sich zu verbünden, trugen das korallenrote und türkisgrüne, das indigoblaue und orangene federgeschmückte Wappen des Abenteuers. Menschliche Blütenkronen öffneten sich in der Nacht und lockten mit allen Fasern, in denen der Saft steigt und fließt, zu Verfolgung und Eroberung.
Da sagte Rango: »Ich muß gehen. Zora fürchtet sich vor der Dunkelheit.«
Um Rango den Abschied zu erleichtern, begleitete Djuna ihn mit dem Fahrrad. Aber als sie allein in ihr Zimmer zurückkehrte, lockte der Atem des Meeres sie wieder hinaus. Sie fuhr zum Hafen zurück, setzte sich an den Tisch, an dem sie mit Rango gesessen hatte, und beobachtete das fröhliche Treiben. So hatte sie einst als Mädchen ein Fest vom Fenster aus beobachtet. Und auch jetzt hatte sie das Gefühl, daß alle Freuden für sie unerreichbar blieben.
Auf dem Platz tanzten die Paare zu den Klängen eines Akkordeons, das der Postvorsteher des Dorfes spielte. Der Briefträger forderte Djuna zum Tanz auf, aber sie spürte die ganze

Zeit über Rangos eifersüchtige und vorwurfsvolle Augen auf sich ruhen. Jedes Bullauge, jedes Licht schien ihren Tanz mit tadelnden Blikken zu beobachten.
Deshalb verließ sie um zehn Uhr den Hafen und das Fest und fuhr mit dem Fahrrad in ihr kleines Hotelzimmer zurück.
Als sie das Fahrrad um die letzte steile Wegbiegung schob, sah sie vor ihrem Fenster im Erdgeschoß den Strahl einer Taschenlampe aufblitzen. Sie konnte nicht erkennen, wer sie trug, aber sie spürte, daß es Rango war. Fröhlich rief sie ihm zu, denn sie hoffte, Zora sei vielleicht eingeschlafen, und er sei frei und könne bei ihr bleiben.
Aber Rango reagierte ärgerlich und fragte: »Wo warst du?«
»Oh, Rango, du bist sehr ungerecht. Ich konnte um acht Uhr nicht einfach in meinem Zimmer bleiben, und jetzt ist es zehn. Ich komme früh und allein zurück. Wie kannst du da ärgerlich sein?«
Aber er war es.
»Du bist zu ungerecht«, sagte sie, rannte beinahe an ihm vorbei in ihr Zimmer und verschloß die Tür.
Bei den wenigen Gelegenheiten, bei denen sie sich gegen ihn behauptete – wie damals, als er um Mitternacht anstatt wie versprochen zum Abendessen gekommen war –, hatte sie be-

merkt, daß Rangos Zorn sich verflüchtigte. Dann klopfte er nicht herrisch an die Tür, sondern sanft und schüchtern.
Und so war es auch jetzt. Seine Schüchternheit entwaffnete sie.
Sie öffnete die Tür. Rango blieb bei ihr. Sie versuchten, sich wieder nahe zu kommen, als wollten sie alles zusammenschweißen, was unter seinem Zorn zerbrochen war.
»Du bist wie Heathcliff, Rango. Und eines Tages wird alles zerbrechen.«
Er war unheilbar eifersüchtig auf ihre Freunde. Freunde waren für ihn die Komplizen desjenigen Lebens, das sie außerhalb seines Einflußbereichs führte, waren mögliche Rivalen, Zeugen und vielleicht die Anstifter zur Untreue. Sie waren es, die sich insgeheim verschworen hatten, sie zu trennen.
Aber noch stärker war seine Eifersucht auf die Freunde, die eine Seite von Djunas Wesen reflektierten, die in ihrer Beziehung zu Rango fehlte, oder die Eigenschaften von Djuna enthüllten, die Rangos Liebe nicht umspannte – unbekannte Eigenschaften, die sie Rango nicht schenken konnte; die unbeschwerte, spielerische, friedliebende Djuna, die Harmonie suchte und nicht Gewalttätigkeit. Es war die Djuna, die losgelöst von Leidenschaft in glücklichen Stimmungen und Regionen verweilte, die Ran-

go nicht kannte. Oder noch eine andere Djuna, die glaubte, Verständnis könne durch Anstrengung erreicht werden, durch eine Analyse des eigenen Verhaltens, die daran glaubte, das Schicksal könne beeinflußt werden, und Einsicht könne den Menschen zur Umkehr bewegen.

Von ihr fühlten sich alle die angezogen, die dem Reich der Leiden durch Phantasie entfliehen konnten. Varianten von Paul tauchten auf und schlossen Freundschaft mit Djuna. Und auf einen dieser Männer war Rango so eifersüchtig, als sei er eine Reinkarnation Pauls. Obwohl er wußte, daß es eine unschuldige Freundschaft war, wütete er dagegen. Er wußte, der junge Mann konnte Djuna eine Atmosphäre schenken, die seine eigene Gewalttätigkeit und Hitzigkeit niemals aufkommen ließ.

Für Djuna war diese Freundschaft die alte Suche nach dem Paradies, nach einem Reich außerhalb aller Leiden.

Sie lag neben Paul dem Zweiten im Sand (während Rango und Zora den halben Tag verschliefen). Sie spielten mit Kegeln aus Treibholz, gruben Labyrinthe im Sand, tauchten nach Wasserpflanzen und berauschten sich an Geschichten.

Das einzige Symbol einer Bindung zwischen ihnen war sein kleiner Finger, der sich um den ihren legte – so hatte es Paul auch getan. Und

diese Geste war wie ein Echo ihrer Beziehung zu Paul – ein fragiles Band, ein Band wie ein Spiel, das aber durch seine Zartheit und Zerbrechlichkeit Leben schenkte.
Schimmernde, flüchtige Stunden der Befreiung aus der Dunkelheit.
Wenn Rango kam, haftete das sterile Leben mit Zora an ihm. Er war durchtränkt und gezeichnet von den ständigen Auseinandersetzungen. Jetzt fühlte sie sich stärker, sich dieser Strömung der Bitterkeit entgegenzustellen.
Sie trug ein Kleid in leuchtenden Farben – Indigo und Safran. Sie bürstete sich die Haare, bis sie schimmerten. Sie verkündete mit jeder Geste eine Fröhlichkeit, von der sie hoffte, Rango würde sich von ihr anstecken lassen.
Aber wie so oft alarmierte ihn gerade diese Fröhlichkeit. Er ahnte den Grund und ging daran, Djuna aus einer Region zurückzurufen, die sie nicht mit ihm bereist hatte – die Region des Friedens, des Vertrauens und der Sanftheit, die er ihr nicht schenken konnte.
Richtig, Paul der Zweite hatte sich nur ihren kleinen Finger genommen und sonst keinen Anspruch auf sie erhoben; richtig, Rangos Gewicht lastete auf ihrem Körper wie die Erde – stärker und wärmer; richtig, wenn er seine Arme entmutigt neben ihr sinken ließ, waren sie so schwer, daß Djuna sie nicht hätte heben

können; richtig, alle, die nur aus Erde und Feuer gemacht sind, werden nie erleuchtet, nie der Erde enthoben, schweben nie über ihr. Sie können sich nie von ihr befreien, sondern sind hoffnungslos in ihre Bahnen verstrickt.

Tag für Tag entschwand ihr Traum, Rango zu befreien, in größere Ferne. Djuna schenkte Rango und Zora die Sonne und das Meer, und sie schliefen. Zora hatte ihren Badeanzug aufgetrennt und nähte wieder daran. Sie würde Jahre daran nähen.

Djuna erkannte jetzt, daß das Herz mit den vier Kammern keinen Verrat enthielt. Es gab dort Regionen, die für das Leben unentbehrlich waren, zu denen Rango aber keinen Zugang hatte. Es war nicht so, daß Djuna Pauls Bild in einer Kammer beherbergen wollte und Rango in einer anderen, noch mußte sie die Kammer zerstören, in der Paul wohnte, um Rango zu lieben. Sondern in Djuna regte sich der Hunger nach einem Hafen, den Rango ihr unmöglich schenken und den er auch nicht gemeinsam mit ihr erreichen konnte.

Wenn sie bei Pauls »Bruder« einen Moment der Erleichterung, einen Moment des Vergessens suchte, so suchte sie in der Dunkelheit, in der Nacht einen Menschen ohne Fehler, der sie beschützen und der alles vergeben würde.

Jeder, der fehlerlos war, der sie verstand, dem der Fluß unerschöpflicher Liebe entströmte, war Gott der Vater, den sie in der Kindheit verloren hatte.

Allein in der Nacht fühlte sie wieder die Gegenwart Gottes, wie sie sie als Kind gespürt hatte und damals, als sie dem Tode nahe war – allein in der Nacht der Qualen ihres Lebens mit Rango, der Auflehnung gegen diese Qualen, die sie vergeblich durch Verständnis für Rango überwinden wollte, allein in der Nacht, nachdem dieser Versuch an Rangos Liebe für sein eigenes Inferno gescheitert war (Rango behauptete, sein Inferno sei Realität, sei Leben, sei ein erhabenes Leben, und Glück sei ein mittelmäßiges Ideal, das die Poeten, die Romantiker, die Künstler verachten müßten), allein in der Nacht, wenn sie sich eingestand, daß Rango verdammt war und die Zerrissenheit nie überwinden würde, daß seine Liebe zum Schmerz ihn ebenso verdarb wie sein Glaube, Krieg und Probleme seien die Würze des Lebens, Streit sei notwendig, um den Höhepunkt des Verlangens zu erreichen ... allein in der Nacht, wenn sie plötzlich den tiefsten Punkt ihrer abgründigen Einsamkeit berührte, in die ihre Beziehungen sie gestürzt hatten, spürte sie wie ein Feuer die Gegenwart Gottes.

Sie spürte diesen Gott wieder – wer immer er

auch war. Er nahm sie zärtlich in die Arme, hielt sie und wiegte sie in den Schlaf. Sie fühlte sich beschützt, gelöst. Sie empfand Frieden. Sie schlief ein, und alle ihre Ängste lösten sich auf. Wie sehr sie ihn brauchte, wer immer er auch war; wie sehr sie den Schlaf brauchte, wie sehr sie den Frieden brauchte, wie sehr sie Gott den Vater brauchte!

In der Morgensonne am Hafen, vor dem weiten, tiefblauen Meer, beim Genuß der knusprigen duftenden Brötchen und inmitten der morgendlichen Fröhlichkeit am Kai wirkten die Szenen mit Rango mehr und mehr wie Halluzinationen.

Wenn Rango durch das Schilf streifte, wirkte er mit seiner dunklen Haut und den blitzenden Augen wie ein Balinese.

Wenn sie spät abends am Strand saßen und grillten, schien er mit der Natur im Einklang zu stehen. Er kauerte auf seinen starken Beinen vor dem Feuer und wendete mit geschickten Händen das Fleisch. Wenn sie mit den Fahrrädern unterwegs waren, stundenlang gegen den heftigen Wind fuhren und müde und durstig, aber berauscht von einem körperlichen Hochgefühl nach Hause zurückkamen, erschienen seine Zwänge, die dann zurückkehrten, wie eine Krankheit.

Djuna kannte all die Vorboten der Schwierigkeiten. Wenn sie unterwegs mit anderen Freunden gesungen, gelacht oder geschwiegen hatte, waren Rangos erste Worte: »Heute morgen sah ich dein Fahrrad und das Fahrrad deines Verehrers an der Mauer des Cafés. Sie standen so eng beisammen, als hättet ihr die Nacht miteinander verbracht.«
»Aber Rango, er kam nach mir und stellte lediglich sein Rad neben meines. Alle frühstükken in diesem Café. Das bedeutet doch nichts.«
Manchmal glaubte Djuna, Rango sei von Zoras Wahn angesteckt. Dann empfand sie Mitleid für ihn und ging geduldig auf ihn ein wie auf einen Kranken.
Sie wußte sehr wohl, daß wir in anderen ein Ich lieben können, das wir selbst unterdrücken. Tröstete sie eine verborgene Djuna, die einmal eifersüchtig gewesen war und nicht gewagt hatte, es zu zeigen, wenn sie Rango tröstete und ihm Sicherheit gab?
(Wir lieben in anderen die Schatten unserer verborgenen Ichs. Irgendwann muß ich einmal so eifersüchtig gewesen sein wie Rango, aber ich gestand es noch nicht einmal mir selbst ein. In einem Bereich meines Wesens, der so gut versteckt war, daß er mir noch nicht einmal bewußt wurde, muß ich einmal solche Eifersucht erlebt haben. Sonst wäre ich nicht so geduldig

mit Rango. Sonst würde ich kein Mitleid empfinden. Mit dieser Eifersucht zerstört er uns beide. Ich möchte ihn vor den Folgen schützen ... Er treibt mich von sich. Ich sollte jetzt davonlaufen, aber ich fühle mich verantwortlich. Wenn wir erleben, daß ein anderer wagt, zu sein, wozu wir nicht den Mut haben, fühlen wir uns für ihn verantwortlich ...)

Aber eines Tages erwachte sie so erschöpft von Rangos Dämon, daß sie beschloß, ihn zu erschrecken. Sie wollte davonlaufen und hoffte, ihn damit zu heilen.

Sie packte den Koffer und ging zum Bahnhof. Aber es fuhr erst abends ein Zug.

Verzweifelt blieb sie dort sitzen und wartete.

Und Rango kam. Er wirkte verstört. »Djuna, Djuna, vergib mir. Ich muß verrückt gewesen sein. Ich habe dir etwas verschwiegen. Ein Freund hat in seinem Keller Absinth gebrannt, und wir haben ihn jeden Mittag probiert. Ich muß in den letzten Tagen zuviel davon getrunken haben.«

Sie verzieh ihm. In ihrem Versuch, ihn immer zu entschuldigen, dachte sie auch: »Er ist Zora und ihren Forderungen so sklavisch ergeben, daß er nicht wagt, sich dagegen aufzulehnen. Sie hat die Gabe, ihm das Gefühl zu geben, daß er nie genug tut. Sie macht ihm Schuldgefühle. Vielleicht muß er sich deshalb erregen und auf-

lehnen, wenn er bei mir ist. Vielleicht muß er deshalb explodieren, und ich bin sein Sündenbock.«
Durch diese Nabelschnur ihres Denkens war sie an Rango und seine Explosionen gefesselt. Eines Tages würde sie vielleicht wie er glauben, Gewalt sei notwendig, um die Tiefen der Erfahrung auszuloten.
Auf den Drehbühnen des Unbewußten, in den letzten, verborgenen Dschungeln unseres Wesens, das wir Zivilisierten beinahe bis zur Auslöschung unter Kontrolle gebracht und diszipliniert haben, sind alle Brunnen verschüttet. Deshalb ist es kein Wunder, wenn wir beim Versuch, diese Brunnen wieder zu öffnen, um den Fluß des Lebens zu entdecken, nur den Fluß des Zorns finden.
Und so schoß aus Rango im Zorn das Gift seines Wesens wie ein Geisir, und hinterher weigerte er sich, die Verantwortung für die Stürme zu übernehmen. Seine Zornesanfälle brachen wie Gewitter über sie herein, und Djuna rettete sich jedesmal nur durch ihre eigene Kraft.
Aber die schwarze Sonne seiner Eifersucht verdunkelte die Sonne des Mittelmeers, wühlte das sanfte türkisene Meer auf.
Wenn Djuna manchmal allein im Sand lag, versuchte sie sich daran zu erinnern, was sie durch Rangos Körper hatte finden wollen, was sein

erster Anblick in ihr erweckt hatte, als er Gitarre spielte und sein Zigeunerleben beschwor.
Sie hatte gehofft, durch ihn die reine Natur zu finden.

Manchmal erinnerte sie sich an sein erstes Lächeln, an das ironische Lächeln eines Indio, das von weit her kam, wie das Echo eines uralten Indiolächelns aus der Frühzeit der Mayawelten. Sie dachte an den erdhaften Gang nackter Füße, die Pfade zu den höchsten Gipfeln der Welt, zu den unberührtesten Seen und durch die undurchdringlichsten Wälder getreten hatten.

In ihrem Traum von Rango kehrte sie zu den Ursprüngen der Welt zurück, hörte in Rangos Schritten das Echo der Schritte von Jägern in grauer Vorzeit.

Und vor allem erinnerte sie sich an Geschichten – besonders an eine, die Rango ihr erzählt hatte. Er saß auf einem Felsen auf der Spitze eines Gletschers und spürte, wie die Erde sich drehte!

Sie hatte Augen geküßt, die erfüllt waren von der Erinnerung an Glanz und Pracht, Augen, die gesehen hatten, wie die Mayas ihre Goldschätze in die Tiefe der Seen versenkten, um sie vor den plündernden Spaniern zu schützen.

Sie hatte die indianischen Prinzen aus den Märchen ihrer Kindheit geküßt.

Sie hatte sich voll Liebe und Verlangen in den fernen Reichen alter Völker verloren und hatte Höhen, Tiefen und Erhabenheit gesucht.
Und sie fand... sie fand Wüsten, über denen Geier ewig ihre Kreise zogen und nicht mehr zwischen Lebenden und Toten unterschieden.
Sie fand eine stumme Stadt, die auf zerfallenen Säulen ruhte, eine Stadt mit geborstenen Kuppeln und Gräbern, eine Stadt mit Eulen, die schrien wie Frauen in den Wehen.
Im Schatten der Vulkane gab es Feste, Orgien, Tänze und Gitarren.
Aber dorthin nahm Rango sie nicht mit.
In die Liebe brachte er nur seine fiebrigen Ängste mit. Sie hatte eine Fata Morgana umarmt, geküßt und besessen. Sie war gelaufen und gelaufen, aber nicht hin zu den Festen und der Musik, nicht zu dem Lachen, sondern mitten hinein in einen indianischen Vulkan ...

Tagsüber konnte man die Falle sehen.
Die Falle war das Netz aus sinnlosen Pflichten.
Kaum öffneten sich Djunas Augen, sah sie Zora deutlich vor sich. Zora, die sich hinlegte; Zora, die blaß war; Zora, die mit weichen schlaffen Händen alles kindlich ungeschickt anfaßte; Zora, der alles mißlang, die alles fallenließ, die sich abmühte, eine Tür zu öffnen, die sich so unnormal langsam und fahrig bewegte, daß es

zwei Stunden dauerte, bis sie sich angezogen hatte ...

Hinter Mitleid versteckte sie vor sich selbst ihre Abneigung gegen Zoras weinerliche Stimme, ihren ungepflegten Körper, ihren verschlagenen Blick, die armseligen Kleider, die eine Verkleidung waren, um Mitleid zu erregen, das stumpfe Haar – Zora war zu träge, es zu bürsten – und die fahle Haut, der man ansah, daß sie nicht durchblutet wurde.

Wenn man wußte, was in Zoras Kopf vorging, wendete man sich voll Abscheu ab. Djuna hatte, manchmal kaum noch zuhörend, die monotonen Klagen über die Ärzte, die Welt, über Rango, sie selbst, die Freunde, über alles, was ihr widerfuhr, über sich ergehen lassen.

Abscheu. Es gibt nicht nur eine Verantwortlichkeit für Taten, sondern auch für Gedanken. Die Falle war inzwischen so absurd, sinnlos und quälend geworden, daß Djuna jeden Tag wünschte, Zora möge sterben. Zora führte ein sinnloses Leben; sie verlangte Nahrung, Zuwendung, Fürsorge und gab absolut nichts, weniger als nichts. Sie führte ein sinnloses Leben, versprühte Gift, Neid, und ihre Tyrannei war erstickend.

Wenn sie starb, konnte Rangos Leben vielleicht wie ein Feuer wieder aufflammen. Sein Körper war stark und vital; seine Phantasie

konnte ihn in alle Winkel der Erde treiben. Noch in den schlimmsten Augenblicken brannte ein Feuer in ihm. In Zora gab es nichts als Kälte. Nur ihr Geist war in Bewegung, entstellte, verunglimpfte, beschuldigte.
Aber die Schauspielerin war lebendig geblieben. »Sieh meine Wunden, sieh was ich leide. Liebe mich!«
Doch auf Grund solcher Maßnahmen wird keine Liebe geschenkt.
Djuna kann der Falle nicht entfliehen. In Alpträumen sieht sie Zoras gelbes Gesicht und ihre Mutlosigkeit. Sie steht früh auf, um ein besonderes Brot, besonderes Fleisch, besonderes Gemüse zu kaufen. Zora hat einen Termin für eine Röntgenuntersuchung, denn in dieser Woche glaubt sie, sie habe Tuberkulose. Djuna verschwendet nutzlos Stunden, nur um zu hören, daß der Arzt sagt: »Ihr fehlt nichts. Es sind Symptome einer Hysterikerin. Sie sollte lieber zum Psychiater gehen.«
Djuna muß einen Gang zum Pfandleiher machen, denn sie muß den anderen Arzt bezahlen, der die überflüssige, dramatische Untersuchung auf Krebs durchgeführt hat. Djunas Geld für diesen Monat ist ausgegeben.
Es gibt kein Entrinnen. Der Tag zerrinnt unter den Fingern, sobald er angebrochen ist. Außer

dem kümmerlichen Baum im Krankenhausgarten sieht sie heute keinen Baum.
Ein sinnloses, fehlgeschlagenes Opfer macht traurig.
Der Tag ist die Falle, aber Djuna wagt nicht zu rebellieren. Dies ist der einzige Weg, um zu ihrer halben Nacht mit Rango zu kommen. Am Ende des Tages erwarten sie seine brennenden Küsse, seine Gefühle, sein Verlangen, seine hungrigen Bisse in ihre Schultern, die Wogen des Genusses, unter denen der Körper erbebt, das gutturale Stöhnen von Mann und Frau, die zu ihrem primitiven Ursprung zurückkehren ...
Manchmal bleibt keine Zeit zum Ausziehen. Dann wieder wird der Höhepunkt spielerisch verzögert, um die Leidenschaft zu reizen. Die Schlacken des Tages verglühen.
Wenn Djuna tagsüber denkt: »Ich muß davonlaufen. Ich muß Rango seiner selbstgewählten Folter überlassen«, dann hält sie die Erinnerung an dieses Feuer fest.
Wie kann Rango Zoras Zerfall bewundern? Es ist noch nicht einmal ein würdevoller Selbstmord, sondern der zwanghafte Wahn, zu sterben, wobei andere mit ins Verderben gezogen werden. Welch monströses Leben! Wenn Zora einen Teller abwäscht, beklagt sie sich. Wenn sie einen Knopf annäht, jammert sie.
Dies sind Djunas Gedanken, und auch dafür

muß sie büßen. Zora, iß dieses Brot, ich habe stundenlang danach gesucht. Es wird dich nicht nähren, denn dein Körper steckt voller Gift. Deine Worte, mit denen du mich zum ersten Mal begrüßtest, waren geheuchelt. Damals sprachst du davon, du habest um Hilfe gebeten, und du seist glücklich, daß ich die Frau bin, die Rango liebt. O ja, denn ich bin die Frau, an deren Mitleid man so leicht appellieren kann. Du wußtest, ich würde mich dir gegenüber verhalten, wie du dich mir gegenüber niemals verhalten hättest. Ich habe versucht, mir vorzustellen, wie du an meiner Stelle handeln würdest, aber es ist mir nicht gelungen. Ich weiß nur, du wärst unsagbar grausam.

Auf dem Weg zum Hausboot kaufte sie neue Kerzen und einen Fellteppich, denn Rango hielt es für zu bürgerlich, in einem Bett zu schlafen. Sie schliefen auf dem Boden. Vielleicht war ein Fell, das Bett der Eskimos, wirklich das Richtige für ihn.

Rango kam und betrachtete die Kerzen und das Fell wie ein Löwe ein Salatblatt. Aber als er darauf lag, erwachte sein bronzenes Verlangen, und das primitive Bett wurde wie in Erinnerung an Höhlenbehausungen getauft.

Zu dieser Stunde lasen Kinder Märchen, die Rango und Djuna dazu verführt hatten, Wunder, das Unmögliche zu erwarten. Rango hatte sich ein Leben ohne Arbeit, ohne Verantwortung erträumt. Djuna hatte sich ein Leben voll Leidenschaft und Freiheit erträumt – nicht Komfort, sondern die Mühelosigkeit magischen Geschehens; nicht Luxus, sondern Schönheit; nicht Sicherheit, sondern Erfüllung; nicht Vollkommenheit, sondern einen vollkommenen Moment wie diesen... aber ohne Zora, die darauf wartete, wie ein Inkubus zwischen ihnen zu liegen ...

Rangos erster Versuch, der Falle zu entfliehen, traf Djuna unvorbereitet. Es geschah unerwartet um Mitternacht, kurz ehe sie auseinandergingen. Aus dem Nebel einhüllender Zärtlichkeiten drang seine Stimme: »Wir führen ein egoistisches Leben. Es geschehen so viele Dinge auf dieser Welt; wir sollten etwas tun. Du bist wie alle Künstler: Du richtest deine großen Scheinwerfer auf den Himmel, nie auf die Erde, wo etwas geschieht. Eine Revolution ist in Gang, und ich möchte helfen.«

Djuna glaubte nicht, daß die Welt oder die Revolution Rango brauchten, Rango und seine Disziplinlosigkeit, seine Liebe zu Rotwein und seine Trägheit. Sie glaubte, es seien Zoras Anklagen, die ihn davontrieben. Er stand hilflos zwischen einer Frau, die sterben, und einer Frau, die leben wollte! Er hatte gehofft, die Frauen miteinander verschmelzen zu können,

um der Spannung zwischen seinen beiden Ichs zu entgehen. Er hatte nur an sein emotionales Wohlbefinden gedacht. Zoras egoistische Grausamkeit und Djunas Klarsicht hatte er übersehen.
Der Versuch der Verschmelzung enthüllte sich als Fehlschlag.
Jetzt wurde er dazu getrieben, sein Leben für eine unpersönliche Sache zu riskieren.
Djuna schwieg. Sie blickte ihn an; sein Mund verriet, daß er unglücklich, verwundet und verzweifelt war. Er preßte die Lippen zusammen, wie Frauen, wenn sie ihr Weinen unterdrücken. Sein Mund stand nicht im Einklang mit seinem Löwenkopf; es war ein kleiner, verletzlicher Kindermund; und der Mund machte sie nachsichtig.
Sie trennten sich an der Straßenecke und küßten sich so verzweifelt, als stünde ihnen schon morgen eine lange Trennung bevor. Ein Bettler begann, auf seiner Geige zu spielen. Dann brach er ab; er hielt sie für Liebende, die sich nie wiedersehen würden.
Das Blut hämmerte Djuna in den Ohren, als sie davonging. Ihr Körper trennte sich ahnungsvoll von Rango; Haare trennten sich von Haaren; Hände lösten sich; Lippen verschlossen sich dem letzten Kuß. Sie überließ ihn einer anspruchsvolleren Geliebten: der Revolution.

Die Erde schwankte unter Djuna. Die Frauen können sich aus den Fallen der Liebe nicht befreien; die Männer können es. Sie haben Kriege und Revolutionen. Was würde nun geschehen? Djuna wußte es. Man unterschrieb fünf Blätter Papier und beantwortete minutiöse, peinlich genaue Fragen. Sie hatte die Fragebögen gesehen. Man mußte sagen, ob Ehefrau oder Ehemann an die Revolution glaubten; man mußte alles sagen. Rango würde diese Blätter langsam in seiner nervösen, schlingernden und schwankenden Handschrift ausfüllen. Alles. Wahrscheinlich würde er angeben, daß seine Frau unheilbar krank war, aber eine Geliebte würde die Partei nicht billigen.
Dann schwankte die Erde plötzlich nicht mehr, und das Blut pochte Djuna nicht mehr in den Ohren. Alles stand totenstill, sie dachte an die Gefahren ... Sie dachte an Rangos Freund. Man hattte ihn mit einer Kugel im Kopf in der Nähe des Cafés gefunden, in dem sie sich trafen. Sie dachte an Rangos Geschichte von einem Mann, der für die Revolution in Guatemala arbeitete. Man hatte ihn in eine Zelle gesperrt, die halb voll Wasser stand, bis sich das faulige Fleisch in Streifen von seinen Beinen löste und seine Augen völlig weiß wurden.
Am nächsten Abend ließ Rango auf sich warten. Djuna vergaß, daß er immer zu spät kam.

Sie dachte: Er hat alle Papiere unterschrieben, und man hat ihm gesagt, daß ein Mitglied der Partei keine Geliebte haben kann.
Es war neun Uhr abends. Djuna hatte noch nichts gegessen. Es regnete. Freunde kamen ins Café, unterhielten sich eine Weile mit ihr und gingen wieder. Die Angst ließ ihr die Zeit lang werden. So würde es jetzt immer sein; so würde das Warten sein. Sie würde nie wissen, ob Rango noch am Leben war. Man würde ihm so schnell auf die Spur kommen. Ein Ausländer mit dunkler Haut, wirren Haaren – so stellte sich jeder Polizist einen Mann vor, der für die Revolution arbeitete.
Was war mit Rango geschehen? Sie griff nach einer Zeitung. Er hatte einmal gesagt: »Ich nahm eine Zeitung in die Hand und sah auf der Titelseite das Bild meines besten Freundes, den man in der Nacht zuvor ermordet hatte.«
So würde es kommen. Rango würde sie noch küssen, wie er sie am Abend zuvor an der Straßenecke geküßt hatte; die Geige würde spielen, die Geige würde abbrechen, und in der Nacht ...
Sie fragte ihren Instinkt. Nein, Rango war nicht tot.
Sie wäre gern in die Kirche gegangen, aber das verbot sie sich. Verzweiflung war verboten.

Dies war die Stunde, um stoisch ruhig zu bleiben.
Sie war eifersüchtig auf Gauguins Mutter, die Rango bewunderte – eine südamerikanische Heldin, die für Revolutionen kämpfte und ihren Ehemann erschoß, als er die Partei verriet.
Djuna kam an der Kirche vorüber und ging doch hinein. Sie konnte nicht beten, denn sie wollte sich in die richtige Gefährtin eines Revolutionärs verwandeln. Aber sie stand immer in einem humorvollen, sehr persönlichen Einverständnis mit Gott und glaubte, er würde ihre absurdesten Handlungen mit einem ironischen Lächeln quittieren. Er würde auch jetzt die Widersprüche erkennen und nachsichtig sein. Zwischen ihnen bestand ein Pakt, selbst wenn die meisten Gerichte sie schuldig sprechen sollten. Die Beziehung ähnelte ihrer Freundschaft mit den Polizisten in Paris.
Da kam Rango auf sie zu! (Bitte! Was für einen Pakt sie mit Gott hatte! Er erfüllte ihre Wünsche, von denen niemand zu glauben gewagt hätte, daß er sie erfüllen würde!)
Rango war krank gewesen. Nein, er hatte die Papiere nicht unterschrieben. Er hatte verschlafen. Morgen! *Mañana.*
Djuna hatte diese Göttin vergessen gehabt: *Mañana.*

Rango und Djuna saßen im Café *Martiniquaise* in der Nähe des Hausboots und tranken Kaffee.
Der Raum war erfüllt von Rauch, Stimmen und Gesichtern. Das Gewirr hob und senkte sich wie eine schwere, rauschende Woge. Manchmal schlug sie über ihnen zusammen und hüllte sie ein, dann zog sie sich wieder besänftigt zurück, nur um noch lauter und erstickender über sie hereinzubrechen und ihre eigenen Stimmen zu ertränken.
Djuna konnte in einer solchen Flut niemals Gesichter unterscheiden. Sie lösten sich in Licht und Schatten auf, und der Alkohol ließ ihre Konturen verschwimmen. Aber Rango konnte auf Anhieb sagen: »Das ist ein Zuhälter; dort sitzt ein Boxer. Der da ist drogenabhängig.«
Zwei von Rangos Freunden kamen herein, die Hände in den Taschen vergraben. Die beiden begrüßten sie beiläufig; die Lider hingen ihnen schwer über die glasigen Augen mit den violetten Ringen. Rango sagte: » Es erschreckt mich mitanzusehen, wie meine Freunde so schnell durch Drogen zerfallen und sogar daran sterben. Diese Art Leben hat für mich keinen Reiz mehr.«
»Aber Destruktion an sich hatte für dich einen Reiz, nicht wahr?«
»Ja», antwortete Rango. »Aber nicht wirklich.

Als junger Mann zu Hause bedeuteten mir Gesundheit, körperliches Wohlbefinden und Energie alles. Erst später, hier in Paris, lernte ich von den Dichtern, dem Leben keinen Wert beizumessen. Es sei romantischer, sagten sie, verzweifelt zu sein, edler, zu rebellieren und zu sterben als zu akzeptieren, was einem das gewöhnliche Leben bietet. Jetzt reizt mich das nicht mehr. Ich will leben. Es war nicht mein wirkliches Ich, welches so empfand. Zora sagt, du hast mich verändert. Aber ich kann mich an nichts erinnern, was du gesagt oder getan hättest, um das zu erreichen. Und doch, jedesmal wenn wir zusammen sind, möchte ich etwas erreichen, etwas Großes. Ich möchte von diesem literarischen Credo nichts mehr hören, von der romantischen Schönheit des verzweifelten, gefährlichen und destruktiven Lebens.«

Voll Ironie dachte Djuna daran, daß sie tatsächlich nicht beabsichtigt hatte, einen Revolutionär hervorzubringen. Aber auch sie hatte sich durch Rango verändert. Sie hatte etwas von seinem zigeunerhaften Wesen, seiner Nonchalance, seiner Disziplinlosigkeit angenommen. Mit ihm hatte sie sich in die Unordnung herumliegender Kleider, verstreuter Zigarettenasche fallenlassen; auch sie zog sich nicht aus, wenn sie zu Bett ging, und schlief in ihren Kleidern ein... Trägheit, Zeitlosigkeit ...

Eine Welt des Chaos und des Mondscheins. Es gefiel ihr dort. Es war ein Zustand wie im Leib der Erde; dorthin drang das Bewußtsein nicht vor, um die tragischen Aspekte unerfüllter Sehnsüchte zu beleuchten. In der Dunkelheit, dem Chaos, der Wärme vergaß man ... Und das Schweigen. Das Schweigen gefiel ihr am besten. Das Schweigen, in dem der Körper, die Sinne, die Instinkte wacher, mächtiger, sensibler sind, ein duftenderes und berauschenderes Leben führen, anstatt sich in Gedanken, in Worte, in erlesene Abstraktionen und in die Mathematik der Gefühle zu verwandeln. Die heftige Wirkung der Gefühle, die vulkanischen Eruptionen von Fieber, Lust und Wonnen waren wichtig.

Welche Ironie! Jetzt stellte sich plötzlich Rango außerhalb dieser Welt und suchte die Tat. Jetzt hatte er keine Zeit mehr für die Gitarre, die sie bezaubert hatte, keine Zeit mehr, um die Zigeuner zu besuchen, wie er einmal versprochen hatte; keine Zeit mehr, morgens lange zu schlafen, wie sie es von ihm gelernt hatte, oder ihr durch Osmose die Kunst zu übertragen, Verantwortungen abzuschütteln, oder die Kunst, nachsichtig gegen sich selbst zu sein, die Kunst, rücksichtslos zu sein ...

Während sie im Café saßen, sprach er über sein vergangenes Leben das Urteil. Für die vertanen

Stunden, die vertanen Jahre, die vertane Energie fand er nur Worte der Verachtung. Er wollte ein härteres Leben; er wollte etwas tun; er suchte Erfüllung.

Plötzlich blickte Djuna auf ihren Kaffee, und ihre Augen füllten sich mit brennenden Tränen; die Tränen über die Ironie des Schicksals brennen heftiger als andere. Sie weinte, denn sie hatte in Rango den Wunsch erweckt, einer Sache zu dienen, die nicht ihre Sache war, für andere zu leben, obwohl er doch schon für Zora lebte und so wenig blieb, was er ihr geben konnte. Sie weinte, denn sie waren sich in dieser erdhaften Dunkelheit so nahe – so nahe in der magnetischen Anziehungskraft ihrer Haut, ihrer Haare, ihrer Körper. Und doch berührten sich ihre Träume nie; kamen ihre Vorstellungen vom Leben, ihre Einstellungen nie miteinander in Berührung. Sie weinte über die vielen Dissonanzen des Lebens, die keine absolute Einheit zuließen.

Rango verstand nicht.

Im Reich der Gedanken wurde er immer unruhig, ungeduldig wie ein wildes Tier, das fürchtete, eingesperrt zu werden. Er beschrieb oft, wie auf seiner Hazienda die Pferde, die Stiere in den Korral getrieben wurden. Er genoß den unerbittlichen Kampf zwischen Mensch und Tier. Für ihn waren Analysieren, Verstehen

und Interpretieren gleichbedeutend mit dem Einfangen der freien Tiere, und er wurde mißtrauisch.
Aber im Augenblick atmete sie den Duft seiner Haare. Im Augenblick floß der Strom zwischen ihrer Haut und ihren Körpern, kam es zur Harmonisierung kontrastierender Farben, Gewichte, Eigenschaften und Düfte. Alles an ihm war stark und heftig. Sie waren, wie seine Freunde sagten, Othello und Desdemona.
Und morgen würde er ein Mitglied der Partei sein. *Mañana.*

Wenn man seine Flügel verliert, dachte Djuna, dann sieht das Leben so aus. Man kauft Kerzen für ein Treffen von Rangos Freunden. Aber diese Kerzen geben kein Licht, das dich erfreut, denn du glaubst nicht an das, was du tust.
Trauer machte sie nicht schwer, sondern Trauer überraschte sie im Flug, während sie Spiralen tanzte und dabei die Luft aufwirbelte. Trauer war für sie wie ein Pfeil, der einen Vogel nicht tötet, sondern ihn heftiger mit den Flügeln schlagen läßt.
Ihr Widerwille, in das vertraute irdische Leben hinabzusteigen, wuchs von Tag zu Tag, denn der Schmerz, der Pfeil des Jägers, stammte von der Erde. Deshalb wurde der Flug in sicherer Höhe immer lebenswichtiger.

Ihre Beweglichkeit wurde ihr einziger Schutz vor den neuen Gefahren. Wenn jemand in Bewegung ist, ist es schwieriger, ihn zu treffen und zu verwunden. Sie hatte sich die Lebensweise der Nomaden angeeignet.

Rango hatte gesagt: »Bereite heute abend auf dem Hausboot ein Treffen vor. Es ist ein idealer Ort dafür. Dort gibt es keine Concierge, die der Polizei Geschichten erzählt, und keine Nachbarn.«

Er hatte alle Papiere unterschrieben. Sie mußten jetzt vorsichtiger sein.

Das Hausboot sollte einem höheren Zweck dienen.

Jetzt lebe ich in zwei Welten. Besitze ich noch die geheime Droge, die mir ermöglicht, an den Ekstasen festzuhalten, während ich mich in das Leben der Welt begebe... mich ihren Aktivitäten und Zufällen überlasse? Ich spüre, wie es mich beim Gehen überkommt, ein seltsames Gefühl... ein Gefühl wie Trunkenheit. Es überfällt mich mitten auf der Straße wie eine heftige Woge, und eine Betäubung erfaßt meinen Körper, die Betäubung angesichts des Wunderbaren. Ich erkenne es an seiner Kraft, daran, wie es meinen Körper emporhebt, an der Luft, die unter meinen Füßen weht. Die Macht der Liebe zu Rango verlieh allem Glanz – dem kalten Zimmer, das ich morgens verließ,

dem schmuddeligen Bettzeug, dem Ofen voller Asche und dem abgestandenen Wein im Glas. Es war so, als hätte ich gelernt, über die Straße zu fliegen, und das sei mir einen Moment lang erlaubt worden... jede Farbe wurde leuchtender, jede Zärtlichkeit intensiver, jeder Moment schöner ... Aber die Angst sagte mir, daß dieser Zustand nicht von Dauer sein würde. Es war Ekstase durch die Gnade der Liebe – manche erreichen sie durch Wein, andere durch Beten und Fasten. Es war ein Zustand der Gnade ... Aber ich kann nicht herausfinden, wodurch man ihn verliert. Die Gefahr dabei ist offenbar, daß man zu niedrig fliegt oder erwacht. (Djuna wußte, sie flog jetzt niedriger, da Rango eine Aufgabe in der Welt übernommen hatte. In der Welt der Politik liegt Staub in der Luft. Die Menschen wollen den Raum erobern und zu den Sternen vordringen. Aber das ist eine überflüssige Reise. Es gibt eine bestimmte Art des Atmens, des Gehens und des Sehens, die die Menschen in den weiten Raum, in Transparenz versetzt, ihnen eine innere Leuchtkraft schenkt und zu Spielen verhilft, die sie jenseits ihrer Erdenschwere spielen, die Spiele ihrer Sternen-Ichs ...)
Djuna kaufte Brennholz. Sie putzte das Hausboot. Sie versteckte das Bett und das Weinfaß. Rango wollte die ersten Fremden zum Haus-

boot bringen und auf der Brücke bleiben, um den Nachfolgenden den Weg zu zeigen.

Die Guatemalteken fanden sich nach und nach ein. Die dunkelhäutigen mit dem Indioblut kamen in indianischem Schweigen, die blasseren mit dem spanischen Blut in spanischer Redseligkeit. Aber die Umgebung war beiden Gruppen nicht ganz geheuer. Das knarrende Holz und der große Raum erinnerten zu sehr an die Versammlungsorte der Revolutionäre der Frühzeit. Die langen Schatten, die Geräusche des Flusses, der Ketten und der Ruder, die beunruhigenden Lichter von der Brücke und das Schwanken beim Vorüberfahren anderer Kähne schüchterten sie ein. Dies war zu sehr ein Ort für Verschwörer. Manchmal übertrifft das Leben den Roman oder die Tragödie. Dies war ein solcher Fall. Die Umgebung war dramatischer, als sie dem Vorhaben der Besucher angemessen war. Sie standen verlegen herum.

Rango war noch nicht bei ihnen. Er wartete auf einige Männer, die sich verspätet hatten.

Djuna wußte nicht, was sie tun sollte. Diese Rolle war ihr neu. Höfliche Konversation schien unangebracht. Sie legte Holz nach und beobachtete die Flammen, als würden sie unter ihrer Obhut lebendiger brennen.

Du kannst deine Flügel ablegen, du kannst ein dunkles Kleid aus dem billigsten Laden von Paris tragen, um anonym zu werden; du kannst deine Ohrringe und den Nagellack entfernen, weil du hoffst, dadurch Selbstaufgabe zu demonstrieren und deine Ergebenheit für die revolutionäre Sache zu beweisen, und doch bist du nicht ehrlich. Du fühlst dich wie eine Schauspielerin, du erwartest, daß ein Wunder geschieht und du dich verwandelst, durch die Gnade der Liebe zu einem Mitglied der Partei ...

Sie wissen, daß ich spiele.

So interpretierte Djuna das Schweigen der Männer.

In ihren Augen hatte man das Urteil über sie gesprochen und sie verdammt. Sie war in diesem Kreis die einzige Frau. Und die Männer wußten, sie war als Frau im Bann der Liebe hier und nicht im Bann der Revolution.

Da kam Rango aufgeregt und und atemlos: »Das Treffen findet nicht statt. Ihr müßt euch schnell aus dem Staub machen. Keine Erklärungen.«

Sie gingen erleichtert davon. Schweigend verließen sie das Boot, ohne Djuna anzusehen.

Rango und Djuna blieben allein zurück.

Rango sagte: »Dein Freund, der Polizist, bezog oben an der Treppe Wache. Man hat einen Clochard ermordet aufgefunden. Deshalb kontrollierte er die Ausweise, als die Männer kamen. Es war gefährlich.« Rango hatte seinen ersten Fehler begangen, indem er das Boot für einen geeigneten Versammlungsplatz hielt. Der Führer der Gruppe hatte ihn streng gerügt und als einen Romantiker bezeichnet ... »Er weiß von dir. Er wollte wissen, ob du ein Mitglied bist. Ich mußte ihm die Wahrheit sagen.«

»Soll ich auch in die Partei eintreten?« fragte sie mit soviel kindlicher Fügsamkeit, daß Rango gerührt war.

»Es ist falsch, wenn du es meinetwegen tust. Du mußt es für dich selbst tun.«

»Oh, für mich selbst. Du weißt, woran ich glaube. Die Welt heute ist wurzellos. Sie ist wie ein Wald, in dem die Bäume ihre Kronen in die Erde stecken und mit verdorrenden Wurzeln wild in der Luft gestikulieren. Es gibt nur ein Heilmittel: Eine Welt mit zwei Menschen aufzubauen. Bei zwei Menschen besteht die Hoffnung auf Vervollkommnung, die sich dann ausbreiten kann ... Man muß an der Basis beginnen – bei der Beziehung zwischen Mann und Frau.«

»Ich werde dir Bücher bringen, die du lesen und studieren kannst.«

Würde die neue Philosophie etwas an seiner übergroßen Nachsicht mit Zora und an der sklavischen Ergebenheit ihr gegenüber ändern?

Würde er sie mit neuen Augen sehen? Würde er die Sinnlosigkeit und das Verbrechen ihrer Egozentrik erkennen? Würde er auch zu ihr sagen: Es gibt Wichtigeres auf der Welt als deine Wehwehchen? Man muß das eigene Leben vergessen. Würde sich sein Leben verändern, nachdem Djuna nicht in der Lage gewesen war, es zu ändern? Würde sich seine Konfusion legen? Würde er seine Fehler einsehen?

Djuna begann zu hoffen. Sie begann zu studieren. Sie stellte Analogien zwischen der neuen Philosophie fest und dem, was sie vergeblich versucht hatte, Rango zu erklären.

Die Partei hatte zum Beispiel nichts für den Heldentod übrig, für sinnloses, dummes Sterben. Das war Verschwendung. Konfusion. Disziplinlosigkeit. Die Partei entwickelte eine Art Stoizismus, eine Rüstung, eine Form des Verhaltens und Denkens.

Nach und nach freundete sich Djuna mit den wesentlichen Grundsätzen dieser Philosophie an, mit den Resultaten. Sie übersah die starren Dogmen.

Aus den Grundsätzen sprach Konstruktivität. Im großen und ganzen konnte Djuna sie übernehmen, denn sie standen im Einklang mit ihrem besessenen Kampf gegen Destruktivität und Negativität.

Sie stand nicht mehr allein Zoras demoralisierendem, zersetzendem Einfluß gegenüber. Vielleicht öffnete sich die Falle ein wenig und ein Weg zeigte sich in eine unvorhergesehene Richtung.

Was Rango nicht für sie tun konnte (denn sie war sein Vergnügen, seine Hemmungslosigkeit, seine Geliebte, die ihm sinnliche Erfüllung und Schuldgefühle brachte), tat er vielleicht für die Partei und für eine große, anonyme Menschheit.

Die Falle war die Fixierung auf das Unmögliche: Eine Veränderung bei Zora anstelle einer Verschlechterung; eine Veränderung bei Rango anstelle einer allmählichen Strangulierung. Die Leidenschaft allein hatte ihm die Ganzheit nicht gebracht. Aber sie hatte ihn soweit *ganz* gemacht, daß er für die Welt von Nutzen sein konnte.

Es war nicht gelungen, das Boot zum Treffpunkt für Rangos Genossen zu machen, aber plötzlich geschah das Gegenteil. Das Boot wurde zum Zufluchtsort von Träumern, die einen Hafen suchten. Je kälter die Atmosphäre in Paris wurde, je krasser die Meinungsverschiedenheiten, je höher die Wellen des politischen Antagonismus, der Gefahren und der Ängste schlugen, desto mehr sahen sie in dem Boot die Arche Noah angesichts einer neuen Sintflut.

Es war nicht mehr das verschwiegene Schiff für die Reise zweier Menschen. Es gab keine einzelligen Nächte mehr. Rango war nur noch ein Liebhaber auf Besuch, unterwegs zu anderen Zielen.
Der Unterschied zwischen ihnen zeigte sich in aller Deutlichkeit: Rango besuchte Zusammenkünfte, redete fieberhaft in den Cafés, versuchte zu bekehren, zu lehren und zu organisieren, wendete sich an die Armen, an die Künstler, die er von früher her kannte. Djunas Freunde kamen auf das Boot und sprachen über Werte, von denen sie glaubten, sie seien in Gefahr, verlorenzugehen – leidenschaftlich hielten sie an ästhetischen und menschlichen Maßstäben fest.
Rango brachte Geschichten von Grausamkeit und persönlichen Opfern mit: Ramon hatte Frau und Kind vier Jahre lang nicht gesehen, da er in Guatemala arbeitete. Jetzt war seine Frau, die in Paris lebte, schwer krank, und er wollte um jeden Preis alle Pflichten abschütteln, um zurückzukommen. »Stell dir einen Mann vor, der der Partei untreu wird, nur weil Frau und Kind ihn brauchen. Er ist bereit, das Wohl von vielleicht Millionen zweier Menschen wegen aufs Spiel zu setzen.«
»Rango, du würdest genauso handeln, und das weißt du auch. Du hast es bei Zora getan. Du

hast deine Kraft zwanzig Jahre lang einem Menschen geopfert, während du ebenfalls etwas Größeres hättest tun können …«

Ein anderes Mal kam er und lag krank in ihren Armen. Er mußte sich die ganze Nacht lang übergeben. Erst im Morgengrauen gestand er fiebernd und schwach, daß sie einen Verräter hatten festnehmen müssen. Es war einer von Rangos Freunden gewesen. Die Gruppe sah sich gezwungen, über ihn zu richten. Rango hatte ihn verhören müssen. Der Mann war nicht wirklich ein Verräter. Er war schwach. Er brauchte Geld für seine Familie. Er hatte es satt, unentgeltlich für die Partei zu arbeiten. Die Partei kümmerte sich nicht um die Familie eines Mannes und versorgte sie nicht, während der Mann im Dienst an der Partei unterwegs war. Er hatte der Partei sein ganzes Leben gewidmet. Jetzt mit vierzig war er schwach geworden. Eine gute Stellung in der Botschaft hatte ihn in Versuchung geführt. Anfangs beabsichtigte er, die Position zum Wohl der Partei auszunutzen. Aber nach einiger Zeit wollte er die Gefahren nicht mehr auf sich nehmen. Er war nicht mehr von Nutzen… Rango hatte sich zwingen müssen, ihn der Partei zu überantworten. Es hatte ihn krank gemacht. Es war seine erste grausame, schwierige und disziplinierte Handlung. Aber er konnte eine Woche lang nicht schlafen. Jedesmal, wenn er die Geschichte erzählte, stand ihm das Gesicht des Mannes vor Augen. Und Rango wiederholte: Er war einfach sehr müde, sehr müde. Er war mit vierzig erschöpft. Er war zu oft im Gefängnis gewesen, hatte zuviel erlitten. Er konnte es einfach nicht mehr ertragen. Er war mit siebzehn in die Partei eingetreten. Er war nützlich und mutig gewesen. Aber jetzt war er müde.

Jeden Tag kam Rango mit einer neuen Geschichte dieser Art. Wenn der Konflikt zu groß wurde, trank er. Für Djuna gab es diesen Ausweg nicht. Die Geschichten brannten in ihr und quälten sie. Dann verschloß sie sich und flüchtete wie in der Kindheit in den Traum. Es gab eine andere Welt, die aber nur dem geübten Auge sichtbar war. Man konnte sie leicht betreten und bewohnen. Es war eine andere Kammer des Herzens, in die ihr nur der Eingeweihte folgen konnte.

(Stimmungen fließen wie der Fluß, der sich seinen Weg zum Meer, in die Weite und in die Tiefe bahnt. In dieser Welt war die Seine der Fluß; ich muß im einschläfernden Rhythmus seiner Wellen, in der Beständigkeit seines Strömens das Geheimnis seines Fließens ergründen. Liebe ist ein Wahn, den zwei teilen. Liebe ist der Kristall, in dem zwei Menschen ihre

Einheit sehen. In dieser Welt war Rango fähig, sich einem Traum der Liebe zu überlassen, die eine Stadt mit nur zwei Einwohnern war. Wenn Rango schwere und derbe Schuhe kaufte, wirkten sie in jener Welt wie die eisernen Hufe des Zentauren – sein Kopf ragt in den Himmel, aber seine Hufe müssen über die Schlachtfelder donnern.)
Es gibt Drogen, um der Realität zu entfliehen, um einem Rango zu entfliehen, der sich nach einem grausamen Tribunal übergeben muß, um einem Rango zu entfliehen, der sich über die Gefühle hinwegsetzt. Gerechterweise sollte er sich über seine Emotionalität und menschliche Fehlbarkeit erregen. Aber weil er blind ist, ärgert er sich über Djunas abgewendetes Gesicht und kritisiert sie, weil sie sich den Grausamkeiten so schnell entzieht. Er trinkt, aber *darin* sieht er keine Falltür, durch die man ins Bodenlose fällt, im Alkohol sieht er keine billige Droge, um den Schmerz zu vertreiben... aber Djunas Ausflüge in die Sternenwelt, die Zuflucht, die sie den Künstlern auf dem Hausboot gewährt... ihre Droge, mit deren Hilfe sie die Wirklichkeit erträglich macht, wird von ihm unbarmherzig verurteilt ...
»In meinen Augen ist es die Welt der Geschichte, die verrückt, verräterisch und voller Widersprüche ist«, sagte Djuna.

»In Guatemala«, erwiderte Rango mit einem ironischen Kräuseln der Lippen, das Djuna mißfiel, »in Guatemala brachte man Verrückte ans Flußufer, und das heilte sie. Wenn deine Verrückten nicht gesund werden, schlagen wir ein Loch in den Boden und ertränken sie.«
»Vielleicht ertrinke ich mit ihnen, Rango.«

Sie gingen am Ufer entlang und sahen unter einem Baum einen Clochard mit einer Schottenmütze, einem Plaid und einer Pfeife.
Rango fragte ihn im besten schottischen Akzent, den er zuwege brachte: »Nun, und wo kommen wir denn her, mein Freund?«
Der Mann blickte verwirrt auf und antwortete in reinstem Montmartre-Französisch: »*Mon Dieu*, ich bin kein Ausländer, mein Herr. Wie kommen Sie auf die Idee?«
»Durch die Mütze und die Decke«, sagte Rango.
»Ach das... wissen Sie, ich stöbere immer in den Mülltonnen der *Opera Comique*, und da habe ich dieses Zeug hier gefunden. Es war das einzige, was ich tragen kann. Das andere waren alles Fummel und meist noch unanständige dazu.«
Dann zog er ein abgetragenes graues Fell aus der Tasche hervor. »Können Sie mir vielleicht sagen, wozu das gut ist?«
Rango lachte: »Das ist eine Perücke. Die

Schottenröcke führten in Schottland zu einer ungewöhnlichen Art frühzeitiger Kahlheit. Werfen Sie das Fellchen nicht weg. Vielleicht können Sie es eines Tages brauchen ...«

Sabina setzte beim Gehen die Fußsohlen fest auf den Boden. Das verlieh ihrem schweren Körper die Haltung einer biblischen Wasserträgerin.

Für Djuna waren Sabina und Rango aus denselben Elementen geschaffen. Sie glaubte, daß sie sich vielleicht lieben würden. Djuna stellte sich ihre Trennung und seine Verbindung mit Sabina vor – eine Szene, in der er seine schwarzen Locken Sabinas schweren glatten Haaren überließ, seine sienabraune Haut ihrer goldschimmernden Haut, seine rauhen Hände ihren starken Bauernhänden, sein Lachen ihrem Lachen, seine indianische Listigkeit ihrem semitisch verschlungenen Geist. Sie würden die Leidenschaftlichkeit und das Chaos im anderen erkennen und einander in die Arme fallen.

Erstaunt stellte Djuna fest, daß sich ihre Vorausahnung nicht erfüllte. Rango floh vor Sabinas Intensität und Heftigkeit. Die beiden trafen wie zwei bewaffnete Krieger aufeinander. Und der Teil Rangos, der sich danach sehnte, daß man sich ihm unterwarf, der sich nach Wärme sehnte, fand Sabina in eine undurchdringliche

Rüstung gehüllt. Sie gab nur im allerletzten Moment nach, lediglich um eine sinnliche Umarmung zu erlangen, und rüstete sich danach sofort wieder zum Kampf. Sie ließ keine Öffnung, in der sich Zärtlichkeit festsetzen konnte, durch die seine verborgene Schüchternheit hätte eindringen können, wie sie in Djunas Brust drang. Sabina war keine Frau, an die man sich schmiegen konnte.
Die beiden suchten den Kampfplatz für ein Duell. Rango konnte Sabinas Gegenwart auf dem Boot nicht ertragen. Am liebsten hätte er sie aus Djunas Umgebung vertrieben.
Einmal saßen die beiden mit Djuna und zwei anderen Freunden im Restaurant. Plötzlich wollten sie feststellen, wer von ihnen die meisten roten Pfefferschoten essen konnte. Sie beobachteten sich gegenseitig, während sie die roten Schoten mit zur Schau getragener Überlegenheit aßen – zuerst mit Reis und Gemüse, dann mit Salat und schließlich ohne alles.
Sie wären beide lieber gestorben, als aufzugeben. Jede kleine rote Pfefferschote war wie ein kleines Feuer, das sie verbrannte.
Hin und wieder öffneten sie weit den Mund und atmeten heftig ein und aus, als wollten sie ihr Inneres kühlen.
Sie saßen wie zwei Feuerschlucker in alten Märchen beim Feuerbankett. Sabinas dunkle,

funkelnde Augen füllten sich mit Tränen. Rangos Wangen überzogen sich mit einem Anflug von Röte. Aber keiner von beiden gab auf, obwohl sie innerlich hätten verbrennen können. Glücklicherweise wollte das Restaurant schließen.

Die Kellner putzten ostentativ den Boden unter ihrem Tisch mit Ammoniak, stellten die Stühle hoch und beendeten den Marathonwettkampf, indem sie das Licht ausschalteten.

Nicht eine, sondern viele Djunas stiegen die Treppe des Hausboots hinunter – eine hatten die Eltern, die Kindheit geschaffen, eine andere hatten der Beruf und die Freunde geformt, wieder eine andere entstammte der Geschichte, der Geologie, dem Klima, dem Volk, den ökonomischen Bedingungen und allen Hintergründen und Kulissen des Lebens, dem Himmel und der Natur, den reinen Quellen der Geburt, des Einflusses eines Baums, eines achtlos dahingeworfenen Worts, eines Bildes und all den unreinen Quellen wie Bücher, Kunst, Dogmen, schädlichen Freundschaften und Orten, an denen ein Mensch verwundet, besiegt, verkrüppelt und zerfressen wird ...

Die Menschen zählen ihre körperlichen Gebrechen: die Quetschung der Zehen, den Schnitt im Finger, die Brandwunde, das Fieber, den

Krebs, die Mikrobe, die Infektion, die Wunden und Knochenbrüche. Die Verletzungen und Narben, die sich im Inneren angesammelt haben, zählen sie nie. Aber diese bilden ein ganzes Universum von Reaktionen, eine widergespiegelte Welt, in der sich nichts ereignen kann, ohne einer persönlichen und ganz privaten Interpretation unterzogen zu werden. Alles wird hier durch das Kaleidoskop der Erinnerungen, durch die spezifischen Eigenschaften der empfindlichen Photoplatte der Psyche verändert. Durch die angehäuften emotionalen Chemikalien wird jedes Wort, jedes Ereignis, jede Erfahrung gefiltert, verdaut und verformt, bevor es wieder auf Menschen und Beziehungen zurück projiziert wird.
Duchamps *»Nackte, eine Treppe hinabsteigend«* zeigt die Bewegung der vielen Schichten des Ichs, die verschiedenartigen Ichs, die in unterschiedlichen Proportionen gewachsen sind, die sich nicht gleichzeitig, nicht gleichmäßig entwickelt haben, sich nicht in eine Richtung bewegen, sondern aus einer Vielzahl aneinandergrenzender Schichten bestehen, die die endlosen Spiralen eines Charakters enthüllen, so wie die Erde ihre Schichten enthüllt. Es ist eine unendliche Konstellation der Gefühle, die sich ebenso geheimnisvoll ausdehnen wie Raum und Licht in der Welt der Planeten.

Männer richten ihr Teleskop nach draußen und in die Weite. Dabei bemerken sie nicht, daß am entgegengesetzten Ende des Teleskops durch feine Ansammlungen, Bruchstücke, Wucherungen und Verkrustungen ihr eigener Charakter sichtbar wird.
Frauen richten ihr Teleskop auf die Nähe und die Wärme.
Djuna erlebte in diesem Moment eine Krise, eine Wende, eine Mutation, ein Bedürfnis, demjenigen Ich zu entschlüpfen, das aus ihrer Beziehung zu Rango und Zora geboren worden war. Sie spürte das Bedürfnis, in anderer Form wiederaufzuerstehen. Sie fühlte sich unfähig, Rangos Glauben zu folgen – unfähig, sowohl friedlich in einem Traum zu leben als auch das Boot sicher durch die stürmische Seine zu steuern.
Sie stellte fest, daß sie Sabina vor Rangos bissigem Spott in Schutz nahm. Sie verteidigte Sabinas Philosophie der vielen Lieben anstelle der einen Liebe.
(Rango, dein Zorn sollte sich nicht gegen Sabina richten. Sabina verhält sich nur wie alle Frauen es nachts in ihren Träumen tun. Ich fühle mich für ihr Tun verantwortlich, denn wenn wir zusammen durch Paris gehen und ich den Geschichten ihrer Abenteuer zuhöre, hört ein Teil von mir nicht eine Geschichte, die sie

erzählt, sondern erkennt Szenen wieder, die einem verborgenen Teil meiner selbst vertraut sind. Ich erkenne Szenen wieder, die ich geträumt habe; ich habe sie geträumt und deshalb erlebt. Was geträumt wird, ist auch geschehen. In meinen Träumen war ich Sabina. Ich bin deiner quälenden Liebe entflohen und habe alle austauschbaren Liebhaber der Welt umarmt. Man kann Sabina nicht allein dafür verantwortlich machen, daß sie die Träume vieler Frauen auslebt, da doch die anderen sich zurücklehnen und mit einem geheimen Teil ihres Ich daran teilhaben. Sie gestehen durch geheime leise Schwingungen des Körpers, daß sie stillschweigend Komplizen von Sabinas Tun sind. Wir haben uns alle nachts in fiebrigem Verlangen nach Fremden im Bett gewälzt. Tagsüber verhöhnen und verachten wir Sabina. Du bist auf Sabina wütend, weil sie all ihre Wünsche offen auslebt – wie du es getan hast. Sabinas Leidenschaft zu lieben, Sabinas Ungeduld, Sabinas Kunst, den Fallen bei den Spielen der Liebe auszuweichen, bedeutete dasselbe, wie Sabina zu sein. Es hieß nur, nachts zu sein, was Sabina tagsüber zu sein wagte. Es bedeutete, die Verantwortung für die eigenen, geheimen Träume zu übernehmen, in denen man aus den Qualen einer Liebe in viele Lieben flieht.)

Sabina saß rittlings auf einem Stuhl, strich die Haare mit den Händen zurück und lachte.
In einem solchen Moment erweckte sie immer die Illusion, sie würde alles gestehen. In dieser Vorbereitung einer Beichte, im Herstellen einer Atmosphäre für intime Enthüllungen, war sie unübertroffen. Aber ebenso einzigartig war sie in der Kunst auszuweichen. Wenn sie wollte, war ihr Leben wie eine Schiefertafel, auf die sie schnell etwas schrieb, und noch ehe jemand lesen konnte, was sie geschrieben hatte, löschte sie es wieder aus. Dann schienen ihre Worte nicht Worte zu sein, sondern sie strömten wie Rauch aus Mund und Nase – ein dicker Rauchschleier, der sie vor Entdeckungen schützte. Aber bei anderen Gelegenheiten, wenn sie sich vor Verurteilungen sicher fühlte, begann sie die Geschichte eines Erlebnisses mit direkter, durchdringender Offenheit ...
»Unsere Affäre dauerte... solange der Fahrstuhl fuhr! Und ich meine das nicht symbolisch. Uns packte das heftigste Verlangen, ein Verlangen, das nicht von Dauer war, das aber auch nicht warten konnte. Es war kannibalisch und völlig sinnlos, aber es mußte sogleich erfüllt werden. Die Umstände waren gegen uns. Wir wußten nicht wohin. Wir liefen ziellos durch die Straßen und waren wild aufeinander. Wir stiegen in einen Fahrstuhl, und er begann,

mich zu küssen... erster Stock, zweiter Stock, er küßte mich immer noch, dritter Stock, vierter Stock, und als der Fahrstuhl anhielt, war es zu spät... wir konnten nicht mehr aufhören. Seine Hände waren überall, sein Mund... ich drückte ungestüm auf den Knopf, und während der Fahrstuhl nach unten fuhr, küßten wir uns immer noch... als wir im Erdgeschoß waren, war es noch schlimmer... er drückte den Knopf, und wir fuhren wie verrückt rauf und runter, rauf und runter, während die Leute verzweifelt nach dem Fahrstuhl klingelten ...«
Sie lachte wieder. Ihr ganzer Körper, selbst die Füße schlugen im Takt ihrer Fröhlichkeit. Sie stampfte auf den Boden wie ein hingerissener Zuschauer, während der Stuhl zwischen ihren kräftigen Schenkeln wie das Holzpferd einer Amazone schaukelte ...

Eines Abends wartete Djuna im Hausboot auf Rango.
Plötzlich hörte sie Schritte. Es waren weder die Rangos noch die des Wächters.
Die Schatten der Kerzen spielten auf der Dachpappe der Wand eine Szene aus einem balinesischen Schattentheater, als sie zur Tür ging und rief: »Wer ist da?«
Völliges Schweigen. Es schien, als hätten sich der Fluß, das Boot und der Besucher darauf ge-

einigt, gleichzeitig zu schweigen. Aber in der Luft lag eine Spannung, die wie ein Vibrieren durch Djunas ganzen Körper lief.
Sie wußte nicht, was sie tun sollte. Im Zimmer bleiben, die Tür abschließen und auf Rango warten oder das Boot nach dem Eindringling absuchen? Wenn sie ruhig im Zimmer blieb und auf Rangos Kommen lauschte, konnte sie ihm aus dem Fenster eine Warnung zurufen, und es gelang ihnen vielleicht, den ungebetenen Gast zu stellen.
Sie wartete.
Die Schatten an den Wänden regten sich nicht. Aber die Spiegelungen der Lampen im Fluß tanzten auf dem Wasser wie bei einem Geisterkarneval. Die Kerzen flackerten stärker als gewöhnlich – oder war es ihre Angst?
Als die Holzbalken einmal aufhörten zu knarren, hörte sie die Schritte von neuem. Sie näherten sich dem Zimmer, vorsichtig, aber nicht leicht genug, denn die Dielen knarrten.
Djuna holte den Revolver unter dem Kissen hervor. Man hatte ihn ihr geschenkt, aber sie konnte nicht damit umgehen. Sie rief: »Wer ist da? Noch ein Schritt, und ich schieße.«
Sie wußte, um hineinzukommen, mußte man ein Sicherheitsschloß öffnen. Sie wünschte, Rango käme. Er kannte keine körperliche Angst. Er fürchtete nur die Wahrheit. Er

fürchtete sich davor, sich seinen Beweggründen zu stellen. Er fürchtete sich, im Reich der Gefühle und Gedanken zu verstehen, zu untersuchen und den Tatsachen ins Auge zu sehen. Aber er fürchtete sich nicht davor zu handeln; greifbare Gefahren fürchtete er nicht. Djuna fehlte es nicht an Mut, wenn es um Erkenntnis ging, um schmerzhafte Offenlegung des Ich. Im Bereich emotionaler Chirurgie wagte sie mehr als die meisten, aber sie fürchtete sich vor Gewalt.

Sie wartete noch eine lange Weile. Aber wieder herrschte völliges spannungsgeladenes Schweigen.

Rango kam nicht.

Vor Erschöpfung legte sie sich mit dem Revolver in der Hand aufs Bett. Türen und Fenster waren fest verschlossen. Sie wartete und lauschte nach Rangos sorglosen Schritten auf Deck.

Eine Kerze nach der anderen verlosch, hauchte ihre Flamme aus und warf einen letzten langen Schatten in der Form eines mit dem Tod ringenden Skeletts an die Wand.

Der Fluß schaukelte das Boot hin und her.

Stunden vergingen, und Djuna fiel in Halbschlaf. Das Schloß wurde langsam mit einem Instrument geöffnet, und in der geöffneten Tür stand Zora.

Djuna erkannte Zora, als sie sich über sie beugte, und sie schrie.
Zora hielt eine lange, altmodische Hutnadel in der Hand und versuchte, Dunja damit zu erstechen. Djuna packte sie an den Handgelenken. Aber Zoras Zorn verlieh ihr Kraft. Ihr Gesicht war vor Haß verzerrt. Sie riß sich los und stach mehrere Male blind auf Djuna ein. Sie traf sie an den Schultern, zielte dann mit weit aufgerissenen Augen auf Djunas Brust, verfehlte sie aber. Djuna stieß sie zurück und hielt sie fest.
»Was habe ich dir getan, Zora?«
»Du hast Rango dazu gezwungen, in die Partei einzutreten. Jetzt versucht er, in der Politik etwas zu werden. Und das tut er für dich. Er möchte, daß du stolz auf ihn bist. Meinetwegen hat er sich nie angestrengt. Er schämte sich seiner Faulheit nicht... es ist deine Schuld, daß er nie mehr zu Hause ist... es ist deine Schuld, daß er jeden Tag in Gefahr schwebt.«
Djuna blickte Zora an. Wieder einmal spürte sie wie bei Rango dieses verzweifelte Gefühl der Nutzlosigkeit des Redens, Erklärens und Erläuterns. Zora und Rango waren Fanatiker. Sie schüttelte Zora heftig, als wollte sie Zora zwingen, zuzuhören, und sagte: »Wenn du mich umbringst, änderst du damit nichts. Kannst du das nicht verstehen? Wir sind die zwei Gesichter von Rangos Charakter. Wenn

du mich umbringst, steht die eine Seite allein, und eine andere Frau tritt an meine Stelle. Er ist in sich selbst gespalten. Er steht zwischen Destruktivität und Konstruktivität. Solange er gespalten ist, wird es in seinem Leben auch zwei Frauen geben. Ich wünschte einmal, du würdest sterben ... bis ich das verstand. Ich glaubte einmal, Rango könne gerettet werden, wenn du tot wärst. Und jetzt kommst du und glaubst, ich würde ihn in Gefahr bringen. Er bringt sich selbst in Gefahr. Er schämt sich seiner Nutzlosigkeit. Er kann nicht ertragen, daß der Konflikt seines gespaltenen Wesens vor seinen Augen sich in uns darstellt. Er unternimmt jetzt einen dritten Versuch, wieder eins zu werden. Für seinen Seelenfrieden wäre es leichter gewesen, wenn du und ich Freundinnen hätten sein können. Er rechnete nicht mit uns und fragte nicht, ob wir uns aufrichtig mögen würden. Wir haben es versucht, und es ist mißlungen. Du warst zu egoistisch. Du und ich, wir stehen an entgegengesetzten Polen. Ich mag dich nicht, und du magst mich ebensowenig. Selbst wenn es Rango nicht gäbe, könnten wir beide uns nicht mögen. Zora, wenn du mir etwas antust, wirst du dafür bestraft und an einen Ort gebracht werden, wo es keinen Rango gibt ... Rango wird böse auf dich sein. Und wenn du sterben würdest, wäre es für mich nicht anders. Er würde auch mir nicht gehören, denn ich kann seine Liebe zur Destruktivität nicht erfüllen ...«

Worte, Worte, Worte ... all die Worte, die Djuna nachts, wenn sie allein war, in ihrem Kopf erwogen hatte, sprach sie jetzt heftig und blindlings aus. Sie hoffte nicht, daß Zora sie verstehen würde, aber sie sprudelten mit solcher Angst und Leidenschaft aus ihr heraus, daß Zora neben ihrer Bedeutung das Flehen hörte, die Sprache der Wahrheit. Ihr Haß und ihre Gewalttätigkeit verflogen.

Jedesmal, wenn sie sich sahen, schwand ihre Feindschaft. Angesichts der Trauer auf Djunas Gesicht, in ihrer Stimme, in ihrem schlanken Körper konnte Zora ihren Zorn nie aufrechterhalten. Und Djunas Auflehnung brach beim Anblick von Zoras verhärmtem Gesicht, ihren stumpfen Haaren und unkontrolliert zuckenden Lippen in sich zusammen.

Gleichgültig, welche Szenen sich auch zwischen ihnen abspielten, ihre Traurigkeit war aufrichtig, und das verband sie.

In diesem Moment kam Rango und starrte die beiden Frauen entsetzt an.

»Was ist geschehen? Djuna, du blutest ja!«

»Zora hat versucht, mich umzubringen. Die Wunden sind nicht so schlimm.«

Wieder einmal hoffte Djuna, Rango würde sagen: »Zora ist verrückt«, und der Alptraum würde verfliegen.

»Du wolltest, daß wir Freundinnen würden, denn das hätte es dir leichter gemacht. Wir haben es versucht. Aber es ist unmöglich. Ich spüre, Zora macht alle meine Bemühungen zunichte, mit dir etwas Konstruktives zu tun. Und sie glaubt, ich treibe dich in ein gefährliches politisches Leben ... Wir werden uns nie verstehen.«

Rango wußte nichts zu erwidern. Er starrte auf das Blut, das durch den Stoff von Djunas Kleid sickerte. Sie zeigte ihm, daß die Stiche nicht tief gingen, nur harmlose Fleischwunden waren.

»Ich bringe Zora nach Hause. Dann komme ich zurück.«

Als er wiederkam, war er noch immer schweigsam, zerknirscht und gedemütigt.

»Zora hat Anfälle von Wahnsinn«, sagte er, »sie hat in letzter Zeit Leute auf der Straße bedroht. Ich fürchte sehr, daß die Polizei sie aufgreift und ins Irrenhaus einliefert.«

»Um die Leute, die sie möglicherweise umbringen könnte, machst du dir keine Sorgen, oder?«

»O doch, Djuna. Wenn sie dich umgebracht hätte ... ich glaube, das hätte ich ihr nie verziehen. Aber du bist nicht zornig, auch wenn du das Recht dazu hättest. Du bist großzügig und gut ...«

»Nein Rango. Ich kann dich nicht in diesem Glauben lassen. Es stimmt nicht. Ich habe Zora oft den Tod gewünscht. Aber ich besaß nur den Mut, es zu wünschen ... Ich hatte einmal einen Traum, in dem ich sah, wie ich sie mit einer altmodischen Hutnadel umbrachte. Begreifst du jetzt, woher sie die Idee mit der Hutnadel hatte? Aus meinem Traum, den ich ihr erzählt hatte. Als sie sich auf mich stürzte, war sie mutiger und ehrlicher als ich.«

Rango stützte den Kopf in die Hände und wiegte sich hin und her, als habe er Schmerzen. Ein trockenes Schluchzen entrang sich seiner Brust.

»O Rango, ich kann es nicht mehr ertragen. Ich werde weggehen. Dann kannst du in Frieden mit Zora leben.«

»Heute geschah noch etwas, Djuna. Es erinnerte mich an Dinge, die du mir einmal gesagt hast. Es war so schrecklich, daß ich heute abend nicht zu dir kommen wollte. Ich weiß nicht, welcher Instinkt mich schließlich doch hierher getrieben hat. Aber was ich heute abend erlebt habe, ist schlimmer als Zoras Anfall von Wahnsinn. Du weißt, daß sich die Mitarbeiter der Partei, die zu einer Gruppe gehören, einmal im Monat treffen, um Selbstkritik zu üben, wie sie das bezeichnen. Es ist ein Teil der Disziplin. Es geschieht freundlich, mit großer Objektivität und Gerechtigkeit. Ich habe an solchen Zusammenkünften teilgenommen. Man analysiert jeweils die Arbeit und den Charakter eines Mannes. Heute abend war ich an der Reihe. Die Männer, die im Kreis um mich herumsaßen, waren Männer, die ich täglich sehe – der Fleischer, der Postbote, der Lebensmittelhändler und der Schuhmacher in meiner Straße. Der Führer unserer Sektion ist Busfahrer. Du weißt, am Anfang hatten sie Bedenken, mich in die Partei aufzunehmen. Sie wußten, ich war ein Künstler, ein Bohemien, ein Intellektueller. Aber sie mochten mich ... und sie nahmen mich auf. Ich habe inzwischen zwei Monate für sie gearbeitet. Und heute abend ...«

Er schwieg, als habe er nicht den Mut, die Szene noch einmal heraufzubeschwören. Djuna griff nach seiner Hand und beruhigte ihn. Aber er hielt den Kopf noch immer gesenkt. »Heute abend sprachen sie sehr ruhig und gemäßigt, wie die Franzosen es tun ... Sie analysierten mich, meine Arbeitsweise. Sie sagten mir manches, was du mir auch schon gesagt hast. Sie analysierten meinen Charakter. Sie sahen alles, das Gute und das Schlechte. Sie sprachen nicht nur von der Unordnung, der Trägheit, der Disziplinlosigkeit, dem Vorrang, den ich meinem Privatleben gegenüber der Partei einräume, den Nächten im Café, dem endlosen Reden, der Verantwortungslosigkeit, nein, sie erwähnten auch meine Fähigkeiten. Und das machte alles nur noch schlimmer. Denn sie führten mir vor Augen, wie ich mich selbst sabotiere ... Sie analysierten meinen großen Einfluß auf andere, meine Beredsamkeit, mein Temperament und meinen Enthusiasmus, meinen ansteckenden Enthusiasmus und meine Energie. Sie wiesen auf meine Begabung hin, Massen zu beeindrucken, in Menschen Vertrauen zu erwecken und zu erreichen, daß sie mich als Führer sehen. Sie ließen nichts aus. Sie kannten auch meinen Fatalismus. Sie sprachen von der Veränderung des Charakters wie du. Sie legten mir sogar nahe, Zora in eine Anstalt zu bringen, denn sie wüßten von ihrem Verhalten.«

Die ganze Zeit über hob er den Kopf nicht.

»Als du mir diese Dinge auf sanfte Weise erklärtest, schmerzte mich das nicht. Es war unser Geheimnis, und ich konnte zornig auf dich werden oder dir widersprechen. Aber als sie das vor all den anderen Männern sagten, wußte ich, es war die Wahrheit. Noch schlimmer, ich wußte, wenn es mir nicht gelungen war, mich durch all das zu ändern, was du mir in den Jahren der Liebe und Zuneigung geschenkt hast, würde ich mich auch nicht für die Partei ändern ... Jeder andere Mann, dem zuteil geworden wäre, was du mir gegeben hast, hätte sich völlig verändert ... jeder andere Mann. Nur ich nicht.«

Das Boot fuhr nicht mehr. Es ankerte im Hafen der Verzweiflung.

Rango legte sich hin und erklärte: »Ich bin völlig erschöpft ... Ich bin so müde, so müde ...«

Und er schlief beinahe augenblicklich ein – wie ein großes Kind, mit geschlossenen Fäusten, die Arme über dem Kopf verschränkt.

Djuna ging mit schnellen Schritten in den Raum am Bug.

Sie warf einen kurzen Blick durch die kleinen, vergitterten Bullaugen, die wie die Fenster eines Gefängnisses wirkten, beugte sich hinunter und riß eine Planke aus dem verschimmelten Boden.

Sie rief die Flut, um diese Arche Noah zu versenken, die nicht mehr fuhr.

Es fiel Djuna nicht schwer, dieses Stück einer alten, halb verfaulten Planke herauszureißen. Aber der Rumpf war mit einer Kruste von Muscheln und Tang überzogen, die Djuna nicht erreichen konnte; und nur langsam strömte Wasser ins Boot.

Djuna ging zurück, legte sich neben Rango auf den Boden und wartete ruhig auf den Tod.
Sie stellte sich vor, wie der Fluß dem Meer zustrebte, und überlegte, ob sie ungehindert in den Ozean treiben würden.
Unter der bewußten Identität liegt ein Ozean – ein Ozean, von dem die Menschen nur einen Tropfen in den bewußten Ichs haben. Aber manche Menschen sinken unter die Ebene des Bewußtseins und geraten in eine riesige Woge, die Flut der Erinnerung, die Unterströmung der Empfindungen ...
Unter den Städten des Inneren eines Menschen fließen viele Flüsse und mit ihnen eine Vielzahl von Bildern ...
Alle Frauen, die Djuna gewesen war, breiteten ihre Haare wie einen Heiligenschein auf das Wasser, streckten wie indische Göttinen unzählige Arme aus und durchtränkten die labyrinthischen Träume der Männer ...
Djuna lag mit dem Gesicht nach oben, wie eine Seerose auf einem grünen See; Djuna trieb zu den Leierkastentönen der *Pavane für eine verstorbene Infantin* dahin, die sich geweigert hatte, den Thron der Reife zu besteigen und ihr Leben lang eine Anwärterin geblieben war ...
Und Rango – die Trommeln schlugen, und all die bunten Karussellpferde drehten sich zu einer Polka ...

Djuna sah ihrer beider Leben wieder und wieder vor sich, bis sie eine Wahrheit entdeckte; die Wahrheit war nicht einfach und zergliederbar, sie schwankte und war nicht zu fassen. Aber Djuna sah sie deutlich unterschieden von den Orten unter der Oberfläche, an denen zu leben sie gewohnt war: Alle Frauen, die sie gewesen war, glichen vielen Flüssen, die ihr entströmten und mit ihr in den Ozean mündeten …

Djuna sah durch diesen Vorhang aus Wasser, daß sie alle übertrieben große Figuren waren. Im Angesicht des Todes, für verlöschende Herzen, waren sie klar erkennbar. Auf der Bühne des Todes gibt es keine unklaren Dialoge und verpaßten Stichworte.

Sie hatte den Nebel verschwommener Beziehungen hinter sich gelassen und sah jetzt die Gesichter, die sie in die Verzweiflung getrieben hatten, im intensiveren Licht des Todes. Sie sah, daß es die Gesichter freundlicher Clowns waren. Zora trug ein komisches Kostüm: Rangos viel zu große Socken, einen gefärbten Morgenmantel, immer wieder genähte und aufgetrennte Lumpen und Broschen mit leeren Krallen – eine Komödie, um in anderen Schuldgefühle zu erwecken …

… Auf dieser Bühne, die auf der Seine dem Tod entgegentrieb, zogen die Schauspieler vorüber, und die Liebe schien nicht länger eine Falle zu sein ...

... *Die Falle war der Stillstand im Wachstum; das festgehaltene Ich, das sich im eigenen Netz der Hartnäckigkeit und der Zwänge gefangen hatte ...*

... Man wächst, wie die Algen im Wasser wachsen. Sie werden größer und schwerer, und ihr sich veränderndes Gewicht läßt sie in immer anderen Strömungen treiben ...

... Ich fürchtete mich zu wachsen, oder mich von dir wegzubewegen, Rango. Ich schämte mich, dich in deinen Qualen zu verlassen. Aber jetzt weiß ich, du hast deine Wahl selbst getroffen, wie ich meine Wahl getroffen habe ...

... Fixierung ist Tod ... Tod ist Fixierung ...

... Auf diesem unsicheren Schiff ohne Abschirmungen und Selbsttäuschung kann die Reise in das Morgen weiterführen ...

... Jetzt sehe ich die endlose Weite, die Orte, an denen ich nicht gewesen bin, die Pflichten, die ich nicht erfüllt habe, und den Nutzen dieser ungewöhnlichen Fracht vergangener Leiden ... sie sind alle reif für die Transmutation ...

... Der Bote des Todes wird wie alle Abenteurer dein Herz für Veränderung und Mutation schneller schlagen lassen ...

... Wenn sie tief genug sank und noch immer tiefer, flossen all die Frauen, die sie gewesen war, in der Nacht zu einer Frau zusammen und verloren ihre getrennten Identitäten. Sie würde von Sabina lernen, lachend zu lieben; von Stella, nur eine Weile zu sterben und wiedergeboren zu werden – wie Kinder sterben und bei der leichtesten Ermutigung wiedergeboren werden ...

... Vom Ende im Wasser zum Anfang im Wasser. Sie würde die Reise vollenden: vom Ursprung zur Geburt und von der Geburt zum Fließen ... Sie würde ihren Körper verlassen, um in einen größeren Körper als den eigenen zu fließen. So war es am Anfang gewesen, und sie würde mit vielen anderen Leben zurückkehren, um sich zu entfalten ...

Mit ihr trieben dann die zerbrochene Puppe der Kindheit, das Osterei, das kleiner gewesen war als das, das sie sich gewünscht hatte – Überreste von Fiktionen ...

... Sie würde in das Leben über den Wassern des Unbewußten zurückkehren und in Vergrößerung das Leid sehen, das sie erlitten hatte, und das der wahre Grund für die Sintflut gewesen war ... Es gab Länder, die sie noch nicht gesehen hatte ... Diese Vorstellung unterbrach ihr Dahintreiben ... Es mußte auch Lieben geben, denen sie noch nicht begegnet war ... Während das Boot schnell den Strom der Verzweiflung hinabtrieb, sah sie Menschen am

Ufer, die verzweifelt die Arme ausstreckten – sie hatten auf Djunas Arche Noah gezählt, um sich zu retten ... Sie befand sich auf einer egoistischen Reise ...

... Das Boot war anderen Zwecken zugedacht gewesen und sollte kein Friedhof sein ... Krieg kündigte sich an ...

... Je größer der Aufruhr und das Chaos, desto mehr hatte sie sich darum bemüht, eine individuell vollkommene Welt am Leben zu erhalten, einen Kokon des Vertrauens – er sollte ein Symbol und eine Zuflucht sein ...

... Der Vorhang der Dämmerung würde sich über einem verlassenen Fluß heben ...

... Über zwei Deserteuren ... Im Anblick des Todes griff sie nach dem Zwischenreich unseres Daseins, in dem wir künftige Leiden erproben und die vergangenen noch einmal erleben ... Auf dieser erhöhten Bühne zeigte das Leben, das sie geführt hatten, seine wirkliche Farbe, denn es gab keinen parteiischen Zeugen, der die geheimen Kompromisse und die absurdesten Anmaßungen hätte beschönigen können ...

... In ihrer letzten Rolle wurde sie immun gegen den Weg des Scheins, gegen eine schwebende Existenz der Spiegelungen, immun gegen Hochstapelei ...

... Und sie durchschaute alles, was ihr so unglaublich real erschienen war, als Scharade ... *Auf der Bühne des Todes zeigt sich, daß Übertreibung die Ursache der Verzweiflung ist ...*

... Wenn das Osterei, das ich mir als Kind so riesengroß gewünscht hatte, heute in seiner tatsächlichen Größe – soviel kleiner als in meiner Phantasie – an mir vorübertriebe, könnte ich darüber lachen, daß es so klein ist ... Ich habe den Tod gewählt, weil ich mich wegen des Kleinwerdes und Verblassens schämte, weil ich mich dessen schämte, was die Zeit aus unserer Vorstellung von Großartigkeit gemacht hat; die Zeit trägt wie der Fluß die Pein von Niederlagen und gebrochenen Versprechen davon; die Zeit und der Fluß lassen Zoras Gesicht – ein riesiger Alpdruck – verschwimmen; die Zeit und der Fluß lassen die Schwingungen von Rangos Stimme in meinem Herzen verstummen ... Der Drehorgelmann wird die ganze Zeit spielen. Aber seine Musik wird nicht immer die tragische Untermalung von Trennungen sein ... Der Drehorgelmann wird die ganze Zeit spielen. Aber die Bilder werden sich ändern, wie die Gefühle sich ändern. Rangos Gesten werden weniger heftig wirken, und die Leiden werden wie Blätter abfallen, um im Herzen den Boden für eine neue Liebe fruchtbar zu machen ...

... Der Drehorgelspieler wird den Rhythmus

seiner Melodien beschleunigen, damit sie wie Arabesken der Freude klingen. Und die Töne von Griegs *»Schlaf mein Engel, schlaf«* werden die Rufe der Straßenhändler – »Mimosen, Mimosen!« – begleiten:

... *»Couteaux! Couteaux à éguiser«* zur Melodie von *Madame Butterfly.*

... *»Pommes de terre! Pommes de terre!«* zu den Klängen von Ravels *Bolero.*

... *»Bouteilles! Bouteilles!«* zu den Klängen von *Tristan und Isolde.* Djuna lachte.

... Morgen würden in der Stadt neue Katastrophen gären, die Zeitungsverkäufer würden hysterisch schreien, die Menschen würden zusammenlaufen, um die Neuigkeiten zu diskutieren, und die Züge würden die Feiglinge davontragen ... Die Feiglinge ... Treiben den Fluß hinab ...

... Auf dem Boot, das nicht nur einer Liebe hatte Schutz bieten, sondern das eine Oase des Glaubens hatte sein sollen ... Was tat sie denn! Sie versenkte einen Glauben ... Anstatt das schwimmende Königreich mit seiner Fracht ewiger Werte zu sichern ...

(»Eine individuell vollkommene Welt«, sagte Rango, »wird von der Realität, von Kriegen und Revolution zerstört.«)

»Rango, wach auf, wach auf, wach auf. Das Boot hat ein Leck!«

Er wachte nur langsam auf. Seine Träume von Größe und Herrlichkeit lasteten schwer wie königliche Gewänder auf seinem Körper. Aber das Gesicht, das er in der Morgendämmerung darbot, war das Gesicht der Unschuld – jeder Mann bietet dem neuen Tag Unschuld. Djuna las darin, was sie bis dahin nicht hatte sehen wollen. Sie sah das Gesicht von Rango dem Kind, das durch einen bösen Streich in den Körper eines Mannes gesperrt worden war.

Sie hatten ein Spiel gespielt: »Djuna, du stehst hier und siehst zu, ich bin der König und Retter. Du mußt mich bewundern, wenn ich dir das Stichwort gebe.« Jetzt aber würde sie lachen und sagen: »Weißt du, eigentlich ist mir ein Clochard lieber, der Gitarre spielt.«

Jetzt würde sie lachen, wenn er Zoras Wahnsinn nicht wahrhaben wollte. Denn sein Verhalten glich ihrer Weigerung, seinen Wahn, seine Rollen, seine Phantasien, seine Illusionen zu erkennen ... Angesichts des Todes wurde das Boot kleiner; Rango sah nicht mehr so riesenhaft aus, und Zora schrumpfte ...

Angesichts des Todes wurde alles, was sie taten, zu Spielen: Zora, absurd herausgeputzt mit den Kostümen der Tragödie, beschmutzte, störte und brachte alles durcheinander, begeistert von den violetten Farben der Katastrophe wie Kinder von einem Feuerwehrauto. Wenn

Rango und Zoras mangelnde Klugheit und fehlender Mut Djuna peinigten, rächte sie sich, indem sie in ihre Welt hinabstieg und die Probleme noch vergrößerte. Sie hatte Rango einmal gesagt, ihr Vater müsse aus Gesundheitsgründen in Südfrankreich leben, und deshalb müßten sie sich trennen. In ihrer Hilflosigkeit hatten Rango und Zora geglaubt, Djuna würde das tatsächlich tun, denn sie waren gewohnt, sich dem Unvermeidlichen zu beugen. Rango wand sich in Qualen. Zora hatte, nicht ohne ihre Worte mit einer Spur Gift zu würzen, zu ihm gesagt: »Früher oder später mußte es ja so kommen ... Djuna verläßt dich.«

Dann hatte Djuna Zora besucht. Zora bewegte ununterbrochen verlegen und nervös die kleinen schlaffen Hände; Zora wirkte hilflos. Aber Djuna wußte, sie war von ihnen allen die stärkste; denn sie hatte gelernt, aus ihrer Schwäche Kapital zu schlagen. Sie erzählte Djuna, Rango habe den ganzen Tag nichts gegessen. Er war nur wild im Zimmer herumgelaufen und hatte Zora grausam behandelt. Er hatte zu ihr gesagt: »Wenn Djuna nach Südfrankreich geht, werde ich dich nach Hause zu deinen Verwandten schicken.« – »Allein? Und was wird aus dir?«

»Ach ich«, hatte er mit einem Achselzucken

gesagt, und Zora fügte hinzu: »Er wird sich umbringen.«

Zu diesem Zeitpunkt hatte Djuna genug Freude an ihrem Spiel gehabt. Sie fühlte sich wieder erwachsen. Aber nach einer Woche Folter war die Bühne wieder bereit gewesen für eine große Liebesszene. Djuna wußte damals: Wenn sie Rango verließ, würde er sich nicht mit Zora trösten. Mehr brauchte sie nicht zu wissen. Vielleicht hatte sie kein allzu großes Vertrauen in die Liebe ... Vielleicht gab es in ihr eine Zora, die Schutz brauchte, und einen angsterfüllten Rango, der Sicherheit suchte. Und vielleicht liebte Djuna die beiden deshalb, und vielleicht glaubte Zora zu Recht an ihre Liebe, wie sie es in klarsichtigen Momenten tat ...

Angesichts des Todes schien Rango weniger heftig, Zora weniger tyrannisch und Djuna weniger klug zu sein. Und wenn Zora Djuna über den Rand ihrer Brille ansah, die sie auf der Straße aus einer Mülltonne gefischt hatte und die nicht für ihre Augen geeignet war, dann wirkte Zora wie ein Kind, das die Brille seiner Mutter aufgesetzt hat und stirnrunzelnd über ihren Rand starrt ... Kinder, die sich den Thron des Erwachsenseins anmaßen ...

»Rango, wach auf, wach auf, wach auf, wach auf, wach auf. Das Boot hat ein Leck!«

Rango öffnete die Augen und sprang auf: »Oh,

ich habe gestern vergessen, das Wasser auszupumpen!«
Das andere Gesicht Rangos, das nach dem Erwachen auf das erstaunte und unschuldige folgte, zeigte den Ausdruck völligen, absoluten Kummers, wie man ihn bei Kindern und Jugendlichen oft beobachtet. Dieser Ausdruck verriet die Gewohnheit, mit jedem Blick auf die Wirklichkeit zu übertreiben, verriet das Gefühl der Angst vor einer bedrohlichen, überwältigenden Realität. Nur Kinder und junge Menschen kennen diese völlige Verzweiflung, als sei jede Wunde lebensbedrohend und unheilbar und jeder Moment der letzte, als lauere Tod und Gefahr überall, wie in der vergangenen Nacht in Djunas Vorstellung ...
Rango reparierte energisch das Leck, und sie gingen ans Ufer. Es war der Augenblick vor der Morgendämmerung. Einige Fischer hatten sich bereits eingefunden, denn das Wasser war ruhig und günstig zum Angeln. Einer hatte etwas Ungewöhnliches gefangen. Er hielt es Djuna entgegen und lachte. Es war eine Puppe.
Eine Puppe hatte in der Nacht Selbstmord begangen. Das Wasser hatte die Bemalung des Gesichts abgewaschen. Ihre Haare umflossen das Gesicht mit kristallenem Glanz.
Die Arche Noah hatte die Flut überlebt.

ENDE